O LIVRO DOS PEQUENOS NÃOS

HELOISA SEIXAS

O livro dos pequenos nãos

Romance

COMPANHIA DAS LETRAS

Copyright © 2021 by Heloisa Seixas

Grafia atualizada segundo o Acordo Ortográfico da Língua Portuguesa de 1990, que entrou em vigor no Brasil em 2009.

Capa e foto de capa
Milena Galli

Preparação
Ciça Caropreso

Revisão
Carmen T. S. Costa
Tatiana Custódio

Os personagens e as situações desta obra são reais apenas no universo da ficção; não se referem a pessoas e fatos concretos, e não emitem opinião sobre eles.

Dados Internacionais de Catalogação na Publicação (CIP)
(Câmara Brasileira do Livro, SP, Brasil)

Seixas, Heloisa
    O livro dos pequenos nãos : Romance / Heloisa Seixas. — 1ª ed. — São Paulo : Companhia das Letras, 2021.

    ISBN 978-65-5921-287-3

    1. Romance brasileiro I. Título.

21-81312   CDD-B869.3

Índice para catálogo sistemático:
1. Romances : Literatura brasileira   B869.3

Eliete Marques da Silva – Bibliotecária – CRB-8/9380

[2021]
Todos os direitos desta edição reservados à
EDITORA SCHWARCZ S.A.
Rua Bandeira Paulista, 702, cj. 32
04532-002 — São Paulo — SP
Telefone: (11) 3707-3500
www.companhiadasletras.com.br
www.blogdacompanhia.com.br
facebook.com/companhiadasletras
instagram.com/companhiadasletras
twitter.com/cialetras

Para Ana Luiza

1.

Foi de repente que a conversa navegou para lá. Apenas aconteceu. Alguma coisa suscitou o assunto, e a questão se estabeleceu entre as duas mulheres, Lia e Ana, tomando corpo e se fazendo presente como um terceiro convidado à mesa. Algo material. E essa materialização deu a Lia a certeza de que levaria o sentimento consigo para a noite insone, sua noite de espanto.

Elas conversavam no Bar Lagoa, era um sábado. As duas se conheciam havia anos e naquela noite se encontraram para jantar. Duas mulheres quase de meia-idade, mas ainda joviais, Lia magra, morena, cabelos escorridos, muito negros, e Ana em tudo diferente, ruiva, cabelos cheios e anelados, braços e pernas grossos. O lugar escolhido era o restaurante tradicional, com a varanda aberta para o espelho d'água da Lagoa Rodrigo de Freitas, porque era verão. Uma dessas noites cariocas em que o ar está quase sólido, formando uma camada que se ata ao corpo e em contato com ele se liquefaz. Mas nem assim as amigas foram para o salão interno, refrigerado. Ficaram na varanda mesmo, sob o toldo verde, de onde se podia apreciar a rua, os contornos da vegetação de mangue na beira da Lagoa e o paredão do Cristo, lá atrás. Duas mulheres, um jantar entre amigas, um encontro banal. Mas uma delas, Lia, trazia dentro de si um segredo.

— Noite de verão, noite de barata — disse Ana, tentando

enrolar em um coque a vasta cabeleira, ao mesmo tempo em que espiava embaixo da mesa e erguia os pés para pousá-los na trave da cadeira.

— Vamos fazer o que combinamos outro dia? — disse Lia.
— O quê?
— Tirar o som do celular. Para não atrapalhar a conversa.
— Vamos. Vamos, sim.

Pediram chope. A escolha da comida já estava feita, não precisavam de cardápio. Era o que sempre comiam lá. Rosbife com salada de batatas, para terem a ilusão do comedimento. Nada de salsichão. E aquela salada de batatas sem maionese, que, dizem, não engorda tanto. Sabiam que era mentira.

Já estavam no segundo chope quando o assunto surgiu. Foi por causa da conversa de uma mulher na mesa vizinha, que elas ouviram sem querer. A mulher comentava o que vira no noticiário da noite, na TV. A entrevista de uma mãe cujo filho tinha sido morto por uma bala perdida. Ela dizia que o filho não queria ir à escola, estava resfriado. "Mas eu obriguei. Se ele não tivesse ido, isso não tinha acontecido."

As duas amigas se olharam. Lia baixou o rosto e se concentrou nas próprias mãos, espalmadas sobre a mesa.

— É aquilo que você sempre fala — disse Ana. — Às vezes, uma frase, uma coisa de nada... tem consequências enormes.

Lia aquiesceu em silêncio. Ana continuou:

— Eu estou lendo um livro que descreve a morte do poeta Ronald de Carvalho. Um desastre de automóvel. E nos anos vinte, quando isso era uma coisa rara. Um amigo dele tinha um carrinho conversível, uma baratinha, e deu uma carona pro poeta. O amigo, que dirigia o carro, queria ir pela avenida Rio Branco, mas Ronald de Carvalho disse: "Não, vamos pela rua da Quitanda, que é mais livre". E lá, naquela ruazinha estreita, apareceu um carro a toda a velocidade que pegou em cheio a baratinha.

O poeta foi atirado longe. Bateu com a cabeça e acabou morrendo dias depois.

Lia olhou para ela.

— Isso foi em que ano?

— Não sei direito. Só sei que foi nos anos vinte.

— Uma época com tão pouco carro na rua…

— Pois é… — disse Ana. — E foi uma sugestão do próprio Ronald. Um azar…

— "Não, vamos pela rua da Quitanda"… — sussurrou Lia, como se pensasse em voz alta. Um flash, uma chispa, apenas o piscar de uma luz estroboscópica, o som de um telefone tocando, Lia atendendo, *mas não, não, agora não.*

Ana esperou a amiga completar o que ia dizer, mas, como isso não aconteceu, ela própria concluiu:

— A frase dele mudou tudo…

Lia alisou seus cabelos longos e começou a falar bem devagar, como se experimentasse cada palavra.

— Mudou tudo. Foi mais do que a morte, Ana, porque ele era um poeta. Deixou de fazer muitos poemas por ter morrido. Mudou *tudo* — repetiu baixinho.

Ana pareceu inquieta de repente.

— Bom, era melhor que eu não tivesse falado nada. Já vi que você vai começar.

Lia sorriu, recompondo-se.

— Não… começar o quê? Eu sempre pensei nessas coisas.

— Eu sei — retrucou Ana, muito séria.

— Sabe o quê?

— Eu sei. Sei que você está muito esquisita, e sei também que você ficou desse jeito depois que… Você ficou muito introspectiva, Lia. Sei lá, você tem que sair mais, se distrair, dar risada. Não tem que ficar pensando.

— Você sabe que eu não quero falar disso — cortou Lia.

— Mas eu estou falando *de você*. Dessa mania excessiva que você tem de ficar pensando nas coisas, descendo aos detalhes de tudo, analisando, analisando... Eu não devia ter te contado do desastre do poeta.

Lia alisava a toalha da mesa.

— Esse tipo de assunto sempre mexeu comigo, essa questão das escolhas, dos caminhos. Quando a gente se decide por uma coisa, está abrindo mão de outra. E às vezes são decisões de momento, que a gente toma sem pensar, sem prestar atenção.

— Tem gente que acredita em destino.

— Mas essa é a explicação fácil, Ana. Difícil é entender o caos, pensar que pode existir um deus perverso e manipulador chamado Acaso mexendo as cordas por mexer. Isso é que me intriga. Os pequenos *nãos* que mudam as histórias. "Não, vamos pela rua da Quitanda..." — disse Lia, repetindo a frase do poeta.

— Então, vamos pedir outro chope? — disse Ana, desconversando.

Mas Lia, quase sussurrando, voltou a falar para si mesma:

— Esse vazio estranho que se cria a partir das bifurcações, do momento em que se escolhe ir para um lado e não para o outro e que...

— Vou chamar o garçom.

— No caso do poeta, foi só um não, um pequeno não — Lia continuou. E, encarando Ana, séria: — Mas nunca uma frase mereceu tanto ser chamada de sentença.

Terminado o jantar, as amigas se despediram na calçada. Ana morava ali perto e insistiu em ir a pé.

— São só dois quarteirões. Não precisa me levar, não.

Abraçaram-se.

Ana, olhando bem para a amiga, disse:

— Ainda acho que você está esquisita hoje. Tem certeza de que não quer me contar nada?
— Tenho.
— Você está bem para dirigir?
— Claro que estou.
— Está mesmo?
— Estou.
— Mas vai com cuidado.
— Pode deixar.

Lia atravessou a pista e foi pegar o carro do outro lado, para fazer o retorno em direção à Gávea. De longe, ainda acenou para Ana, que dobrava a esquina. Sentou-se ao volante e virou a chave. *Daqui a pouco ela vai saber.*

Assim que Lia deu partida e começou a percorrer a pista que margeia a Lagoa, veio-lhe à mente a voz de outro poeta, não Ronald, mas Régio, e seu teimoso manifesto de Deus e do Diabo, que sabia de cor.

Sei que não vou por aí.

O carro rolava devagar pelo centro da pista quase vazia e, dentro dele, cercada de vidro e aço, no ambiente isolado de sua bolha de ar artificial, Lia declamava os versos em pensamento. *A minha glória é esta, criar desumanidades! Não acompanhar ninguém.*

O sinal fechou.

Lia estava a poucos metros da bifurcação. Devia ir pela direita, na direção do Corte, passar por baixo do viaduto e voltar pela pista mais próxima ao espelho d'água. A voz do poeta continuava soando. *Se vim ao mundo, foi só para desflorar florestas virgens, e desenhar meus próprios pés na areia inexplorada. O mais que faço não vale nada.*

Mas Lia poderia subir o viaduto e continuar margeando a Lagoa pela região da Catacumba. E se tomasse o rumo de Botafogo, ou mesmo do Rebouças, e fosse sempre em frente, para

qualquer lugar? Seus olhos estavam fixos na pista da direita. E se não for por ali?
O sinal abriu.
Eu tenho a minha Loucura. Levanto-a, como um facho, a arder na noite escura, e sinto espuma, e sangue, e cânticos nos lábios... Engatou a primeira e saiu. O carro tomou a pista da esquerda e subiu o viaduto. O retorno havia ficado para trás.

Lia mantinha os olhos fixos no asfalto à frente, mas podia ver a sombra das próprias mãos pousadas sobre o volante. Mãos soberanas, pensou, lembrando-se de um pequeno texto que tinha escrito anos antes. Às vezes lhe acontecia de sentar e rabiscar alguma anotação ou ideia, sem entender bem o que significava. Como se alguma coisa lhe soprasse, alguma coisa que queria aflorar, dar um testemunho, tomar as rédeas. Observou quando a mão direita se descolou do volante e navegou no escuro do carro em direção ao câmbio, engatando a marcha de força, para fazer mais devagar a curva perigosa. Era estranho pensar nessa palavra, *perigosa*, pensar em qualquer coisa que lhe transmitisse a ideia de risco, porque, agora que fugia, sentia-se leve, tomada por uma espécie de euforia, maior do que o medo, do que a dor, do que tudo.

Olhou as luzes do outro lado da Lagoa, onde estivera minutos antes, onde fizera a escolha, deixando para trás o retorno que a levaria para casa. Lá, do outro lado, estavam as certezas. As verdades. *E cruzo os braços, e nunca vou por ali.* Esta aqui era a curva de onde a mulher de seu amigo despencara, deixando o marido com três filhos para criar, um deles um bebê de três meses. O rapaz recebera a notícia quando estava no trabalho. Lia assistira a tudo com a garganta trancada. Ele tinha saído desesperado. Sua mulher estava dirigindo muito depressa, atrasada para a aula de ginástica, queria perder os quilos extras acumulados durante a gravidez. O carro, desgovernado, mergulhou na Lagoa. Ela, desmaiada, morreu afogada. Curva do Calombo. Era dali que melhor se avistava a árvore de Natal, quando ela ainda brilhava, antes da crise, antes da derrocada. O trânsito ficava engarrafado e Lia sempre evitava passar pela Lagoa. Agora não havia quase ninguém. As ruas viviam vazias, mesmo em um sábado à noite. As pessoas tinham medo. Noite quieta por toda parte. Em contraste, as copas das árvores passavam rápido acima do vidro da frente, em reflexos que provocavam uma sensação de eletricidade, contaminando Lia.

Um pouco adiante, na bifurcação que leva à Fonte da Saudade, outro sinal fechou. Lia não estava certa de para onde ia, mas sabia que precisava seguir para o mais longe que pudesse, pelas ruas desertas, para dentro da noite. Observou um casal que se beijava no posto de gasolina. A moça era loura, de cabelos muito lisos. Usava um shortinho. O rapaz, alto e magro, tinha cabelo anelado e castanho, da cor da barba. O cabelo de Tito também era ondulado, e ele tinha barba. O sinal vai abrir. A Fonte da Saudade leva a Botafogo, mas, se eu seguir pela esquerda, não tenho como *não pegar* o Rebouças, e aí não haverá mais escape. Tito se apaixonou por uma menina loura.

Lia sentiu o acabamento de couro do câmbio contra a palma da mão, áspero, quase ferindo. O sinal vai abrir. Ela faria outra escolha. Com Tito, Lia nunca pôde escolher nada.

Abriu.

Seu coração batia forte quando tomou a esquerda e passou diante da igreja, silenciosa e deserta como tudo mais. A boca do túnel se aproximava, seu hálito de luz escancarado, chamando. Havia mais carros agora, Lia já não estava só. De repente, todos convergiam para aquele vão acobreado, e ela teve a impressão de que o movimento era do asfalto, não dos carros, como se uma esteira rolante os conduzisse e tragasse.

No instante em que cruzava o limiar do túnel, Lia foi atingida pela onda de calor. Vinha assim, sempre, sem aviso. Girou o botão do ar-condicionado, aumentando o fluxo de vento gelado. O desejo também a atingia de repente, nos momentos mais inconvenientes, era constrangedor. A mão direita se desprendeu do volante e pousou sobre a coxa. Puxou a saia comprida, até descobrir a pele morena, que fervia. Um carro buzinou ao passar por ela.

Olhou para cima. O túnel a tragava, com seu teto escuro e irregular, uma perfeita caverna. Pisou mais fundo no acelerador, o rosto em fogo, o corpo em fogo. Em poucos segundos, o suor começaria a porejar da pele, na tentativa desesperada de resfriar a superfície, coisa que nem o ar gelado do carro conseguia. A mão direita alcançou a bolsa sobre o banco dianteiro, mergulhou nela, buscou alguma coisa. Não encontrou. Viu, de relance, que a tela do celular estava acesa, uma mensagem, talvez. Não ia olhar. O aparelho estava no silencioso. Continuou procurando na bolsa. Depois se lembrou do porta-luvas e de lá, agora sim, tirou o lenço de papel. Suores. Calores. Havia uma coincidência cruel entre a menopausa e o sexo, os dois geravam o mesmo fogo e a consequente excreção de líquidos.

Tudo lhe chegava sem aviso, sem controle, os textos que escrevia, os calores que sentia — as cenas do passado. Uma noite. Não, não uma noite, apenas um fragmento, um pedaço pontiagudo ferindo o real, como o caco agressivo de um espelho que se quebrasse. Era assim que lhe vinha. Como agora, ante a visão do teto escuro do túnel, com suas imperfeições. A cozinha estava escura, Tito agarrara sua mão quando ela se dirigia ao interruptor. O chão também era escuro, feito de uma matéria emborrachada, com altos-relevos que feriam, e foi nessa superfície que ele a fez se deitar, Tito, o imprevisível, Tito, o homem-surpresa. Era disso que Lia mais gostava. Ainda guardava, com muita nitidez, a sensação do chão de borracha nas costas, o gozo alucinado na cozinha escura. O gozo alucinado. *He's good in the feathers*, disse Ava Gardner de Sinatra no documentário a que Lia assistira, sozinha em casa, dias antes. Bom de cama. Tito era mais que isso. Tito era o imponderável.

Um cantar agudo de pneus, um sobressalto. Ela estava começando a invadir a pista ao lado, sem perceber. Depois da freada, o cheiro de borracha queimada entrou pelos dutos do ar-condicionado, inundando o carro. *A borracha do chão da cozinha.* Lia ergueu a mão em um pedido mudo de desculpas. O outro carro acelerou e tomou a dianteira, desaparecendo em poucos segundos. Tinha os vidros escuros. Devia estar correndo muito. Lia dirigia devagar, por causa dos chopes que havia tomado ou talvez porque tudo nela estivesse anestesiado.

Tito bebia muito, com uma capacidade impressionante de ingerir bebida alcoólica sem jamais parecer embriagado. Lia tentava não pensar, mas as lembranças se movimentavam dentro dela, querendo subir. Outro fragmento agora. Está deitada de costas sobre um muro de pedra. Há sempre uma superfície áspera em suas lembranças. O sol é forte e lhe arde na pele. Há um barulho de mar. A chegada dele é de surpresa, sem ruído. E o beijo. Um beijo quente e molhado que, ao final, sempre a deixava com vontade de gritar. Mas a boca do túnel se abriu e agora, no pequeno intervalo entre uma galeria e outra, desvendou a noite, a mata. Lia se endireitou no assento, prestando atenção à sua volta.

Ali, naquele trecho, as pistas se dividiam e alguns carros tomavam a direita, para descer o Cosme Velho. *Uma saída.* Dos carros que seguiam no mesmo fluxo que ela, apenas um parecia desenvolver igual velocidade que Lia, como se tentasse emparelhar com ela. Ali naquele trecho, anos antes, Lia viu um dia, no acostamento, uma cadelinha preta, assustada e tremendo, e tentou avisar um guarda da cabine de vigilância, abrindo a janela, gritando, fazendo gestos. Mas ele não viu, e Lia seguiu em frente, como talvez fosse fazer agora. Naquele dia, não fez o retorno. Deixou para trás a cadelinha abandonada, tentando não pensar.

Agora ainda dava tempo, podia tomar a pista de descida à direita, fazer o retorno, voltar à Lagoa, em direção à Gávea, ir para casa, para as paredes tão conhecidas, onde estaria a salvo. *A salvo?* Soltou uma gargalhada.

Quatro segundos.
Três.
Dois.

Lia mergulhou outra vez na boca ovalada do túnel. A segunda galeria, a que leva ao Rio Comprido, à Zona Norte, a outras bifurcações. Lia sabia que por ali se embrenharia cada vez mais no desconhecido. Mas quis assim. Não havia retorno naquela noite. Não havia lugar seguro. E foi nesse instante, no lapso de tempo em que seu carro penetrava de novo o túnel, que se fez o momento para a narração da primeira história.

1897
A gaze

Um pedaço de gaze. Foi o que fez toda a diferença. Só um pedaço de gaze rústica, quase uma estopa, fiapos de algodão cru entrelaçados, formando a matéria banal, cor de creme, ligeiramente elástica, cortada em tiras pequenas, ou talvez em quadrados. Não, melhor pensar em tiras, tiras enroladas sobre si mesmas, criando membros roliços e algodoados, como dedos acomodados em caixas de vidro. Gaze. Só um pedaço, mais nada, um rolo de extensão desconhecida, capaz de caber na palma da mão, pano e carne formando juntos o território mínimo que separa a vida e a morte.

No dia em que partiu, o homem não sabia de nada disso, da gaze, da vida e da morte, era ainda um barro cru, inocente, maleável, personagem pronto para ser moldado por mãos invisíveis. Tinha menos de trinta anos, casado, dois filhos. Ainda teria outros seis, e um deles seria a chave de tudo, mas isso ainda não importa. Voltemos a ele — trinta anos, casado, dois filhos. Não era bonito, mas seu nome, sim: João Alexandre. Tinha uma patente e uma missão. Era capitão, médico do Exército, já conceituado, servindo na cidade de Salvador, na Bahia. E se preparava para lutar uma batalha histórica — embora perdida —, sem que tampouco tivesse consciência disso. Naquele mês de fevereiro de 1897, João Alexandre e seus companheiros embarcavam para se bater com os homens de Antônio Conselheiro no sertão de Canudos.

Podemos vê-lo agora na estação de trem. Está nervoso, suando em seu dólmã azul-marinho, cintado, com a fileira dupla de botões dourados que ele está louco para desfazer. Sob o capote, sente a textura da camisa branca de colarinho engomado, últimos cuidados de Isaura, dona Sinhá, a esposa devotada que lhe passara a roupa nas horas que antecederam a partida. A locomotiva acabou de chegar como um dragão de ferro soltando seus vapores, envolvendo a estação em uma névoa que parece fora de tempo e lugar, como um sonho. Um sonho agitado, cheio de cor e ruídos, quase um pesadelo já. Isso porque a chegada da máquina fez a excitação aumentar, e agora os praças do destacamento se agitam com seus uniformes, azuis, brancos, acastanhados, ainda intactos, bem passados, os botões no lugar, muito diferentes de como estarão daqui a alguns dias, algumas semanas, quando muitos se terão transformado em trapos rasgados, sujos de sangue.

João Alexandre ajeita o quepe, pega no chão a maleta onde leva seus pertences e caminha pela plataforma, abrindo passagem entre os praças, à procura do vagão dos oficiais e do corpo médico. É o terceiro. Escolhe um lugar bem no fundo do carro, a penúltima fileira, onde talvez possa esticar as pernas, cobrir os olhos com o quepe e adormecer. Conhece alguns homens ali, mas só de vista, e por enquanto não tem vontade de conversar com ninguém. Há nele uma premência por solidão, uma necessidade quase física de se isolar dos outros, a estranha noção, bem lá no fundo, de que se agir assim criará uma carapaça para protegê-lo de tudo, de qualquer agressão externa. De todos os perigos que — sabe muito bem — o aguardam.

Depois de enfiar a maleta no bagageiro, senta-se junto à janela e espera, os olhos já pequenos, querendo fechar. Tinha acordado de madrugada, antes das quatro horas. Dona Sinhá já estava de pé. Mulher diligente, cuidava de tudo em casa com grande segurança, sempre. Não era dada a sentimentalismos. Mesmo sabendo que o marido partia em missão difícil no sertão da Bahia, não externara qualquer inquietação. Mas João Alexandre viu que a mão dela tremia um pouco ao depor a xícara e o prato sobre a mesa, para que ele tomasse café antes de sair. Uma única vez vira aquela mão tremer, mas isso fora muitos anos antes, quando eram recém-casados.

Ele estava servindo em um destacamento no Rio Grande do Sul, em começo de carreira. Tinham alugado uma casa boa, em um bairro aprazível de Porto Alegre, por um preço muito abaixo do esperado. João Alexandre não comentou nada com a mulher quando um colega lhe contou que a casa tinha fama de mal-assombrada. O próprio João Alexandre rira ao ouvir isso. Essas tolices não lhe diziam respeito, a ele, um homem da ciência, que acreditava apenas na matéria palpável, real, que um dia apodrecia e se desfazia em pó. A casa era boa, o preço ótimo. Em poucos dias, tudo foi acertado. Mudaram-se para lá.

Estavam na casa havia apenas dois dias, ainda com alguns armários por arrumar, e a trabalheira da mudança os deixava extenuados. Naquela noite, quando foram se deitar, João Alexandre só pensava em como precisava acordar cedo no dia seguinte para fazer alguns reparos na casa antes de sair para o serviço. Foi em meio a esses pensamentos que ouviu a primeira pancada. A mulher, que estava arrumando alguma coisa dentro do gavetão da cômoda, parou no mesmo instante e olhou para ele. Não disse nada. Ele olhou de volta, também calado. Em seguida dona Sinhá se virou para continuar a arrumação. Então aconteceu a segunda pancada. Mais forte que a primeira, ou talvez mais clara, um ruído estalado, agudo mesmo, quase como um tapa.

Dona Sinhá fechou a gaveta e se ergueu, com um lençol na mão. Ficou parada, de costas para João Alexandre. Ele deu alguns passos em direção a ela. Quando ouviram a terceira pancada, os dois se abraçaram, o lençol dobrado entre eles. Continuaram mudos, pois logo compreenderam que aquele ruído não podia ser conspurcado por palavras humanas. Devia existir intocado em sua própria esfera, fosse qual fosse. Falar sobre ele seria trazê-lo para a vida real, a matéria que os cercava, o mundo conhecido. Era preciso silêncio. E assim abraçados, quietos, esperaram.

Os estalos continuaram, secos, parecendo cada vez mais fortes — ou cada vez mais próximos. Dona Sinhá e João Alexandre estreitaram o abraço, ela repousando a testa sobre o peito do marido, muito mais alto. Ouviram o som estalar em cada degrau da escada, reverberando pelas paredes do sobrado. *Estava chegando perto.*

Dona Sinhá crispou uma das mãos nas costas do marido, ainda sentindo contra o peito a textura do lençol que tirara do gavetão. João Alexandre baixou o rosto em direção à cabeça da mulher, nela assentando o queixo, e fechou os olhos. A cada novo golpe, estremeciam. E foi só quando o estalo soou dentro do quarto que dona Sinhá deixou escapar um soluço abafado. Houve alguns segundos de silêncio, como um reconhecimento de terreno, e logo o ataque recomeçou, um golpe atrás do outro. Os dois, de olhos bem cerrados, de tão abraçados eram quase um só corpo. E agora que o som estava tão perto, nem ele nem ela tinham mais dúvida: eram chicotadas.

João Alexandre nunca saberia descrever o que pensou naqueles minutos. Sabia apenas que ambos precisavam ficar imóveis e mudos, para não ferir a bolha em que se encerravam, para não romper a crosta, abrir uma fresta perigosa. Era preciso fingir que não estava acontecendo. Por minutos imensos, as chicotadas estalaram com força, uma após outra, em torno do casal, em círculos. E também por minutos imensos eles permaneceram imóveis.

O abraço resistia, fingindo ser apenas um abraço de boa-noite, uma carícia, e não aquilo que era de verdade, uma couraça, uma fortaleza, um castelo de ameias e ponte levadiça, de portões trancados por barras de ferro, cercado por fossos de água e lama, um refúgio inexpugnável capaz de deter o pior inimigo com o qual um ser humano pode se defrontar: o desconhecido.

De repente tudo estremeceu e um estrondo maior do que todos fez João Alexandre abrir os olhos. Era o trem, que se punha em movimento. Estava de volta em seu assento, sozinho no fundo do carro, sentindo o suor que lhe escorria pela nuca encharcando o colarinho, enquanto as engrenagens de ferro machucavam os trilhos, entre fumaça e chispas, com um barulho tremendo. Depôs o quepe, que ainda segurava, sobre o assento vazio ao lado, e endireitou-se. Isso acontecia muito. Sempre que começava a adormecer, quando estava naquele torpor que antecede o sono, voltava-lhe à mente a cena no sobrado gaúcho, o som das chibatadas, o abraço. Talvez tivesse sido um sonho, afinal. Talvez fosse tudo um sonho.

Olha a paisagem que se movimenta, os subúrbios sujos da cidade que vão ficando para trás, e pensa na missão que tem pela frente. Sabe dos perigos, mas não tem medo da morte. Guarda, sim, um temor secreto, de natureza estranha, um medo que vem de muito longe, de muito fundo, e que martela dentro dele desde que soube dos acontecimentos da primeira expedição.

A primeira incursão a Canudos tinha sido um desastre, mas por mal planejada, eivada de erros. Depois da travessia terrível a partir de Juazeiro, seguindo o leito quase seco do Vaza-Barris, os homens do tenente Pires Ferreira tinham chegado extenuados a Uauá. Enquanto isso, os seguidores de Antônio Conselheiro se preparavam. E aí veio o ataque a Uauá, de madrugada, com os soldados sendo surpreendidos dormindo, a correria, o corpo a corpo, a carnificina. Foram mais de cem mortos do lado de Antônio Conselheiro e poucas baixas entre os praças, mas o Exército recuou mesmo assim, temendo o pior, tamanha a ferocidade dos jagunços. A estratégia tinha sido errada.

Tudo isso João Alexandre encara com naturalidade. Guerra é guerra. Pode-se ganhar ou perder. Mas um detalhe daquele primeiro ataque o deixa impressionado: saber que o médico da expedição havia enlouquecido. Tinham descrito a cena para ele. O doutor paralisado, inerte, olhos arregalados, sem socorrer os feridos, sem ajudar, sem fazer nada. Em estado de choque. Como isso pode ter acontecido a um médico, e ainda por cima um médico do Exército? Alguém como ele, com a mesma formação sólida, acostumado aos rigores da vida na caserna? Que semente de terror fora plantada dentro dele no meio da batalha? É nisso que João Alexandre pensa enquanto a paisagem corre pela janela do trem.

Esse episódio o desconcerta mais do que qualquer outra coisa — mais até do que o resultado da segunda expedição, na qual, aí sim, os soldados do Exército tinham sido massacrados. Mais de cem mortos. Quem diria que uma força de quinhentos homens, formada por três batalhões e uma divisão de artilharia, armada com canhões e metralhadoras, seria posta a correr pelos jagunços de Antônio Conselheiro? Mas, por maior horror que significasse essa segunda derrota, nem ela deixava João Alexandre mais inquieto do que a imagem do doutor da primeira batalha, com seus olhos vazios, as mãos inertes. A segunda expedição tinha sido arrasada, é verdade, mas dos três médicos que estavam com aqueles soldados nenhum enlouqueceu.

João Alexandre não dera ouvidos às conversas que circulavam entre os soldados sobre os mistérios da Serra do Cambaio, a travessia por entre os paredões de pedra semelhantes a túmulos gigantescos, as histórias de assombrações que circulavam entre os sertanejos, influenciando também os soldados. Não acreditava em almas do outro mundo e não temia a morte. Só a perda da razão.

Mas não se deixaria abater. Agora é diferente, estão muito bem preparados. E a vitória sobre a jagunçada é uma questão de honra para o governo federal. João Alexandre se levanta. Estica braços e pernas, caminha pelo vagão, cumprimentando, com um aceno de cabeça, um ou outro oficial que está desperto. A maioria dorme. É longa a viagem até Queimadas. Alguns têm os olhos fixos na paisagem árida lá fora, como ele próprio estivera pouco antes. Ninguém pode imaginar que em poucas semanas, no dia 2 de março de 1897, quase todos daquele vagão estarão mortos. Quase todos.

João Alexandre inclina o corpo e penetra na tenda armada à beira do caminho. É tarde da noite. A luz dos lampiões faz crescer sombras imensas e amareladas na lona, tornando ainda mais lúgubre o ambiente ali dentro. Há no ar um cheiro forte de suor, fumo e remédio. A barraca, sustentada por quatro estacas, é ampla o suficiente para conter uma enfermaria de campanha. O lugar está lotado de oficiais, inclusive quatro outros médicos. Do lado de fora, ao longo da estrada que liga Queimadas a Monte Santo, dormem sobre as próprias mochilas mais de mil e trezentos homens. É o impressionante contingente da brigada de três armas que irá assaltar Canudos sob o comando de um dos oficiais mais ferozes do país — o temido coronel Moreira César.

Nessa madrugada, João Alexandre tinha sido chamado às pressas à tenda. Assim que se aproxima dos colegas médicos, percebe, pelo semblante deles, que alguma coisa grave aconteceu. Os quatro conversavam aos sussurros e erguem os olhos ao mesmo tempo para João Alexandre, quando ele se aproxima. Todos o conheciam e o respeitavam por sua experiência em psiquiatria, tendo trabalhado com o dr. Nina Rodrigues na Faculdade de Medicina da Bahia. Por isso os outros médicos o tinham chamado.

Ele se aproxima do catre improvisado a um canto da barraca, sentindo sobre si os olhares de todos os comandantes que ali estão, entre eles os coronéis Tamarindo, do 9º de Infantaria, e Sousa Meneses, que viera de São João d'El-Rey com quase trezentos soldados. Todos pareciam esperar — e temer — seu diagnóstico. João Alexandre dá mais uns passos e olha para o homem deitado, contido nos pulsos e nas pernas por quatro soldados, enquanto um quinto, com ar apavorado, tenta segurar-lhe o queixo. O homem se debate feito um louco, e seus olhos esgazeados, estriados de sangue, brilham na luz mortiça do lampião, querendo saltar das órbitas. É o coronel Moreira César. Está tendo um ataque epiléptico.

Era um mau agouro. E nada havia de supersticioso na constatação. João Alexandre temia os perigos de um temperamento epiléptico, seus altos e baixos, as explosões, os impulsos capazes de criar problemas para um ser humano comum — e fatais, em se tratando de um comandante de tropas em guerra. Ele e os colegas médicos conferenciaram reunidos a um canto da tenda. A opinião unânime foi que a expedição precisava ser adiada. Mas a reação a esse diagnóstico, como os médicos já esperavam, foi a pior possível. Assim que se recuperou, Moreira César teve outro ataque — mas de cólera — ante a sugestão de que deviam voltar à Bahia.

Agora, em meio às tropas que caminham pela serra de Aracati, em direção ao Cumbe, João Alexandre pensa na mulher, nos filhos pequenos. Na morte. Mas pensa, sobretudo, nos descaminhos da insanidade, nas mãos inertes do médico que enlouqueceu, nos olhos esgazeados do coronel que se debatia. Era estranho aquele homem. Rosto pálido, como se feito de cera, ombros estreitos, pernas arqueadas, tudo nele sugeria fraqueza, exceto o olhar. Este guardava uma tinta de ódio — de ódio contido. Restava saber se a força dessa raiva redundaria em glória ou desgraça.

Segurando firme sua maleta de médico, João Alexandre vê que o suor, ao escorrer do braço e da palma das mãos, contamina o couro da alça, encharca-o, muda-lhe a cor. Em torno, a caatinga é monocromática. Chão e galhos crestados, nenhum sinal de água, e na nuca a inclemência de um sol assassino. O médico, que vai junto com o corpo de saúde na retaguarda, observa a massa de homens à frente. Não conhece a fundo estratégias de batalha, mas estranhou, como todos, a decisão de partir para Canudos um dia antes da data combinada, de forma açodada, sem maior preparo. Enfrentar os cento e cinquenta quilômetros de marcha por aquele deserto, quase sem parar, sem montar bases de apoio, parecia uma temeridade.

Os soldados seguem caminhando exaustos, com fome e sede, sob o calor implacável dos últimos dias de fevereiro. Talvez ainda guardem um resto de euforia, por acreditar que um ajuntamento de jagunços não pode derrotar um Exército. Mas estão errados. A morte tem um encontro marcado com eles. Só faltam dois dias.

Cumbe, Serra Branca, Angico. As tropas marcham pelo agreste, erguendo poeira do chão seco, abrindo a facão os espinheiros, procurando água, procurando sombra. Água pouca, sombra nenhuma. Mas acham, sim, os primeiros sinais dos jagunços que os espreitam, fogueiras ainda mornas, restos de comida, pegadas. Ficam alertas, mandam batedores, mas não veem ninguém. Dormem pouco, de arma em punho.

Em uma dessas madrugadas, João Alexandre olhava as estrelas. Era uma noite sem lua e o fundo escuro do céu estava coalhado de pontos luminosos, as mesmas estrelas que ele observava menino, em Pindobaçu, quando a família ainda não se mudara para a capital. Tinha por esses astros um fascínio de cientista. Chegara a pensar em se dedicar ao estudo da astronomia, antes de se decidir pela medicina, mas o pai fora contra.

João Alexandre olha ao redor. Tudo quieto, silêncio. Escuridão quase completa. Nem lamparinas nem fogueira, nada, apenas o vulto das barracas de campanha, poucas, armadas para os oficiais. João Alexandre preferiu dormir ao relento, como tem feito nos últimos dias. O ambiente viciado das barracas o oprime, o faz pensar nos olhos loucos do coronel, nos gritos, na espuma que lhe escorreu pelo queixo. Na véspera da chegada ao Cumbe, a marcha fora interrompida uma segunda vez, por causa de um novo ataque epiléptico de Moreira César.

Mais um mau presságio, fora o comentário, dito baixinho, para João Alexandre por seu ajudante sergipano, o enfermeiro Augusto. Durante a marcha exaustiva, ele e João Alexandre tinham se aproximado e conversavam muito. Augusto era um homem moreno, atarracado, de aspecto rude, mãos calosas. O médico brincava, dizendo que ele devia mesmo era estar do outro lado, no exército de Antônio Conselheiro, junto com os jagunços. Augusto ria. João Alexandre já percebera, por alguns sinais, que Augusto era um dos soldados que estavam inquietos com o desenrolar da expedição e com a saúde do comandante.

Mas não havia nada a fazer. Era ir em frente e pronto. Tentar dormir, para restaurar as forças, se possível. João Alexandre ajeita-se sobre a colcha dobrada que lhe serve de travesseiro, e já está quase adormecendo, quando ouve um silvo, um assobio muito agudo. Ergue-se nos cotovelos. Vê que Augusto, deitado a pouca distância, faz o mesmo.

— O que é isso?

Os olhos de Augusto brilham no escuro. — Não sei.

— Foi... um assobio?

— Não sei.

João Alexandre se esgueira mais para perto de Augusto.

— Talvez seja um sinal entre eles. Você acha que...

— Não. Não é isso. Os jagunços nunca fazem ruído.

— É verdade — sussurra João Alexandre, baixando ainda mais a voz.

— Se eu fosse sertanejo, ia dizer que é alma penada — comenta Augusto. João Alexandre vê os dentes brancos do sorriso dele no escuro. Ri também. Mas, quando se arrasta de volta para se aninhar em sua colcha, passa a mão na nuca instintivamente. Os cabelos estão em pé.

Chegou a hora da batalha. João Alexandre sente a energia heroica que emana dos soldados. Da retaguarda, onde está, a visão é magnífica, centenas e centenas de baionetas brilhando ao sol. As tropas começam a descer o morro da Favela para invadir Canudos.

Há uma alegria nessa investida, como se todo o cansaço, a sede, a fome e o medo tivessem, por encanto, desaparecido. Talvez os homens estivessem gritando, dando vivas ou rogando pragas, ou mesmo cantando — João Alexandre não saberia dizer depois, ao tentar relembrar o momento. Mas havia muitos sons, um ruído intenso, um troar estupendo naquela descida. Em compensação, no vilarejo lá embaixo, uma estranha quietude.

Canudos é muito maior do que ele pensava. O labirinto de casebres da cor do chão se estende desde o Vaza-Barris, aos pés da Favela, até quase se perder de vista. João Alexandre faz um cálculo rápido e imagina que são mais de cinco mil casas. Um emaranhado de ruelas, difíceis de distinguir dali de cima. E o pequeno largo, com as duas igrejas, a velha e a nova, ainda em construção. É dali que vem o primeiro som mais violento de Canudos: o dobre do sino da igreja velha, chamando para a luta.

Afora isso, quase nenhuma reação. Um ou outro tiro, uma voz rouca de homem, gritos de mulher, cachorros latindo. A artilharia do Exército, instalada no morro, começa a fazer os primeiros disparos, enquanto os homens da linha de frente atravessam o rio de águas rasas para entrar no vilarejo. João Alexandre ainda tem tempo de ver os primeiros embates corpo a corpo, no meio do largo, antes que focos de incêndio surjam por toda parte, nos lugares onde caíram as balas.

As tropas se derramam mais e mais morro abaixo, como se na certeza da vitória. João Alexandre volta a pensar na atitude arrojada do coronel Moreira César, em sua precipitação. Naquele mesmo 2 de março, ao chegarem ao Angico de madrugada, ele se reunira com os oficiais e anunciara a decisão de não esperarem, de partirem imediatamente para o ataque a Canudos, quando o plano era pernoitar e só fazer a investida no dia seguinte, com os homens mais descansados.

João Alexandre olha para baixo. A fumaça dos canhões encobriu tudo, e a artilharia na certa vai ter de suspender o fogo, se não quiser matar seus próprios soldados. Mas as tropas não param, continuam descendo e se embrenhando no labirinto de ruelas. Talvez agora lutem às cegas, pensa o médico.

Em poucos minutos, o vilarejo desaparece. E é estranho que, sob aquela nuvem negra e espessa, de onde surgem aqui e ali labaredas mais altas, um sino continue batendo cada vez mais rápido, cada vez mais forte.

Ninguém sabia — só entenderiam isto muito depois —, mas os jagunços de Antônio Conselheiro estavam atraindo os soldados *para dentro* de Canudos. Para o traçado de ruelas que só eles conhecem, para todas as emboscadas, para todas as mortes. Embora tampouco soubesse disso, João Alexandre, na retaguarda, sentia um aperto no peito ao ver aquele rio de baionetas prateadas se jogando morro abaixo e desaparecendo na fumaça. O médico também ignorava que dali a poucas horas ele próprio tomaria um atalho, um descaminho — e encontraria a mais improvável rota de salvação.

Sob a luz mortiça do candeeiro, João Alexandre concentra toda a atenção no que está fazendo. Tenta extrair uma bala que se alojou entre as costelas de um soldado. O homem perdeu muito sangue; seu rosto pálido, recoberto de suor, é como uma máscara mortuária. Mas o médico continua seu trabalho. Suas mãos também estão suadas, o que torna difícil o manejo das pinças. Sente o corpo pegajoso de suor, poeira e sangue. No entanto é preciso seguir com o trabalho, sem pensar no que está acontecendo, no horror à sua volta. O ambiente na barraca armada às pressas no Alto do Mário, a pouca distância de Canudos, é apocalíptico. Pela primeira contagem, mais de quinhentos soldados morreram. Entre os oitocentos que restaram, há muitos feridos gravíssimos, que não verão o dia amanhecer. E pior: entre eles está o coronel Moreira César.

Ao se dar conta de que seus homens caíam em uma armadilha e ao perceber as primeiras deserções, com soldados atravessando de volta o Vaza-Barris feito uns loucos, Moreira César não pensou duas vezes. Em mais uma atitude impensada, atirou-se a cavalo morro abaixo, gritando imprecações, exigindo hombridade, fazendo ameaças e chamando de traidores os que fugiam. Tinha percorrido poucos metros, quando levou o primeiro tiro no abdômen. Caiu ao chão, tentou tornar a montar no cavalo e foi atingido uma segunda vez. Agora agoniza em uma das barracas armadas na Fazenda Velha, não muito longe de onde está João Alexandre, ao lado do enfermeiro Augusto, cercado por dezenas de soldados feridos.

A situação é crítica, os médicos são poucos. Um deles está desaparecido, provavelmente morto ou, pior, capturado. É preciso fazer o possível enquanto os comandantes decidem se haverá nova investida contra Canudos quando o dia amanhecer. A batalha continua. De vez em quando, ainda se ouve o som de tiros.

João Alexandre taparia os ouvidos, se pudesse. Os gemidos não cessam, e com eles as falas desconexas, os últimos pedidos, as súplicas. As histórias. Correm entre os combatentes rumores assombrados que só fazem aumentar o clima de terror entre eles. Há relatos sobre jagunços que foram vistos andando nas brasas, penetrando as labaredas dos casebres em chamas, sem se queimar. Soldados remanescentes da expedição anterior garantem ter visto lutando os mesmos sertanejos que viram ser mortos na batalha do Cambaio. Cresce entre as tropas apavoradas a crença de que lidam não com homens, mas com fantasmas.

Augusto, com sua mente imaginativa de sertanejo, parece afetado pelos rumores. João Alexandre de alguma forma percebe isso, mas não diz nada, sabendo que não há tempo para pensar em outra coisa que não seja retirar balas, atar membros queimados, estancar o sangue que brota sem cessar das feridas abertas. É preciso ir buscar mais gaze.

O médico se levanta. Pede que Augusto tome seu lugar e segure as pinças. Vai ele próprio buscar mais um rolo de gaze na caixa. Por que fez isso? Por que não pediu ao enfermeiro, o que seria o natural, sendo João Alexandre seu superior? Por quê?

Ao voltar, João Alexandre encontra Augusto tombado sobre o soldado ferido. Ergue o corpo do enfermeiro, já sabendo o que vai encontrar. Acima dos olhos baços, mortos, um filete de sangue escorre do buraco de bala no centro da testa. Se tivesse pedido que Augusto fosse buscar a gaze, ele, João Alexandre, é que estaria morto.

Nunca mais se esqueceria desse instante; nem do alucinado desenrolar dos acontecimentos que se sucederam. Ainda tem nos braços o cadáver do enfermeiro, quando percebe um estranho silêncio em tudo. Estende com cuidado o corpo do amigo no chão e se debruça sobre o soldado que agonizava. Ele também está morto. João Alexandre olha para o rolo de gaze, agora inútil, em sua mão, e sai da barraca, como em transe. Ali fora, a quietude é ainda maior. De repente, todos os urros de dor, todas as pragas, os gritos e as súplicas dos feridos tinham cessado como por encanto. Descera sobre o acampamento dos mortos-vivos uma paralisia. Um silêncio tão absoluto, tão esmagador, que zumbia.

Caminhando como um autômato, levando ainda na mão direita o rolo de gaze, João Alexandre se aproxima de algumas pedras à beira do precipício, de onde se divisa, lá embaixo, as luzes do vilarejo maldito. E somente então ele entende: o zumbido que ouvia não era um silêncio, mas um som. Tão uno e grave, entoado de forma tão perfeita e uníssona, que, naquelas paragens esquecidas, parecia preencher todo o universo com sua melodia sobrenatural. Eram os seguidores de Antônio Conselheiro que rezavam.

Foi o estopim para a debandada.

Assim que compreenderam o que era aquele som, todos os soldados pareceram despertar de sua letargia e começaram a gritar ao mesmo tempo. Foi como se o terror assombrado que os assaltava aos poucos, os rumores sobre os poderes sobrenaturais dos jagunços que lutavam ao lado do Conselheiro agora alcançassem seu paroxismo, disparando um mecanismo de pânico irreversível. Começou a fuga em massa. Na correria descontrolada, coturnos pisoteavam feridos, passavam por cima de camas de campanha, esmagavam rostos ensanguentados. Perseguidos por tiros que ninguém sabia de onde vinham, os soldados corriam fora de si, largando pelo caminho armas, dólmãs, mochilas, todos os seus pertences, como se quisessem seguir nus, purificados

dos paramentos malditos que os marcavam como inimigos daquele deus-demônio que ali reinava. Mortos e feridos foram deixados para trás, inclusive o corpo do coronel Moreira César, que acabara de morrer. Não houve mais obediência, juramentos, hierarquia, amor à pátria, nada. Todos, sem exceção, queriam apenas correr para longe daquele lugar de trevas e salvar a própria pele. E nessa caravana de covardes estava João Alexandre.

Nunca, pela vida afora, ele deixaria de se envergonhar dessa fuga. Nem mesmo quando, muito tempo depois, veio a saber dos relatos escabrosos sobre o que os jagunços tinham feito com os despojos das tropas, assassinando feridos ou deixando-os morrer, e — horror dos horrores — pendurando nas árvores da caatinga os cadáveres dos soldados. Quando a expedição seguinte marchasse sobre Canudos — a expedição que finalmente esmagaria os insurrectos —, ela se depararia com corpos descarnados, embornais, dólmãs coloridos e quepes adornando os galhos das árvores como estranhos frutos.

Por que tanta bestialidade, tanto horror? Por que tantas mortes, de soldados e jagunços, de velhos, mulheres e crianças? Por que tanta vingança e tanto ódio? E tanta covardia naquela fuga insana? Era o que João Alexandre se perguntaria. E por que, afinal, mãos invisíveis o tinham feito se levantar no instante exato, fazendo com que Augusto morresse em seu lugar?

Nunca mais deixaria de se fazer essas perguntas, nunca mais até seus últimos instantes de vida, já muito velho, na cama de ferro do casarão de Itapagipe.

Por quê?

Gaze. Só um pedaço, mais nada, um rolo de extensão desconhecida, capaz de caber na palma da mão, pano e carne formando juntos o território mínimo que separa a vida e a morte. A gaze necessária, primordial, a solução para conter o sangue. Esse pedaço de tecido é um dos pais da matéria que conta a história. Foi ele que provocou a *não morte* — a bifurcação. Em seu diminuto espaço, estavam contidos vários destinos.

2.

Lia viu a bifurcação à frente. Mais uma escolha, esquerda ou direita, qual rumo tomar? A silhueta do Maracanã havia muito ficara para trás, e as ruas que ela percorria tinham nomes pouco familiares. Visconde de Niterói ou Vinte e Quatro de Maio? Lia seguia buscando a escolha improvável, a menos conhecida, o lugar do não, os pontos de onde se espraiariam outros caminhos, possibilidades, perigos.

Tornou a olhar pelo retrovisor. Lá estava ele. Já tinha prestado atenção no carro preto, de vidros escuros, desde a saída da primeira galeria do túnel. Seria o mesmo que tinha buzinado para ela lá atrás? Não se lembrava de tê-lo ultrapassado, mas o carro preto agora estava ali, a poucos metros dela. Talvez a estivesse seguindo. Pressionou ainda mais o acelerador, sorrindo. O outro carro acelerou também.

Tito dirigia como um alucinado. Lia gostava. Nele, gostava até do que lhe provocava terror. *A podridão é doce.* Foi a primeira frase que o ouviu pronunciar, quando Tito se aproximou dela naquela tarde, havia muito tempo. *As flores murchas e os cadáveres têm um cheiro parecido, um cheiro adocicado, já reparou?* Lia ficara paralisada. Estava encostada em uma balaustrada de mármore, olhando para um jardim de gramados e flores perfeitas, e havia, sim, às suas costas, no salão de pé-direito alto e cortinas de brocado, um odor de flores passadas. Hoje, já não se recordava do que estava fazendo ali nem de que lugar era aquele, sabia apenas que havia uma cerimônia, talvez o velório de algum professor ilustre do instituto. Lia tinha esquecido o entorno. Agora, mais do que nunca, sua memória era compartimentada, os arquivos de onde surgiam as recordações vinham sempre aos pedaços, sem localização exata no tempo e no espaço. Não tinha importância. A lembrança, sim, daquele primeiro diálogo, da frase chocante, esta permanecia íntegra, completa em sua força.

O carro preto estava mais perto. Lia aliviou o pé do acelerador e baixou o vidro da janela. Sentiu o ar da noite, morno, entrar furioso e destroçar sua bolha fria, antes inexpugnável. Noite de barata, Ana dissera. Junto com o ar de verão, penetrou um ruído que Lia a princípio não identificou, mas que logo compreendeu. Estava margeando a linha do trem. Viu as janelinhas iluminadas passando como uma chispa, o gemido dos ferros. À sua frente, um sinal ficou vermelho. Olhou pelo retrovisor. Parou.

O carro preto veio deslizando devagar até emparelhar com o dela. Lia virou o rosto e olhou através da janela aberta, mas o vidro escuro do outro carro continuava fechado. Quando o sinal abriu, Lia avançou devagar e o carro preto também. Ela pensou naquele filme antigo do caminhão de vidros escuros que persegue o homem na estrada. Um caminhão-fantasma, com vontade própria — uma vontade assassina. Diminuiu mais a marcha e fez um sinal com a mão, como se pedisse que o carro preto fosse à frente. Ele pareceu entender e tomou a dianteira. Lia então foi atrás.

Estabeleceu-se entre eles uma comunicação. O carro preto começou a se movimentar como se tivesse consciência de que ela queria segui-lo. Dava seta antes de entrar nas ruas, diminuía a marcha nos cruzamentos, andava com o cuidado de um guia que não quer perder contato com quem o está seguindo. Lia passou a dirigir no mesmo ritmo, mantendo uma distância razoável, mas nunca excessiva, do carro que ia à sua frente.

Não tinha noção de onde estava, apenas percebia, de vez em quando, através da janela aberta, os ruídos que a cercavam, inclusive o de trens passando. Dirigia como um autômato, com a mesma sensação de quando entrou no túnel e teve a impressão de que o chão se movia, não os carros. Seu olhar saltava do automóvel preto, à frente, para tudo em volta, as ruas, os muros pichados, o emaranhado de fios, as placas de trânsito, avenida Amaro Cavalcanti, rua Elias da Silva, indicações da Linha Amarela. Não conhecia quase nada daquela região, nem sabia em que bairro estava, mas seguia em frente, a uma velocidade regular, sentindo-se cada vez mais atada àquele carro escuro que a conduzia, dando as ordens.

Sua vida ao lado de Tito fora assim. Quando saíam juntos, mesmo que estivessem no carro dela, era ele quem dirigia. Outro fragmento. Estavam parados na praia de Botafogo, no carro de Lia, Tito ao volante. Ele ia saltar e Lia seguiria sozinha. Quando se preparavam para ela assumir a direção, Tito já abrindo a porta do motorista para sair, Lia se movendo para passar por cima do freio de mão e sentar ao volante, eles chegaram. Eram cinco. Cercaram o carro, dois de um lado, três do outro. Os dois vidros da frente estavam abertos. Lia se lembrava do instante em que virou o rosto para a janela do passageiro e viu, a poucos centímetros de seus olhos, o cano do revólver. O tempo se estilhaçou de forma instantânea. Os segundos começaram a transcorrer em outro ritmo, em outra dimensão. Tudo agora parecia se mover em câmera lenta, com suavidade, um mundo algodoado e *flou*. As portas se abriram, as duas ao mesmo tempo, ela e Tito saltaram. Os homens estavam calmos, falavam baixo. "Vamos precisar do carro", disse um deles, quase se desculpando. Tinham acabado de fazer um assalto e precisavam sair dali, Lia deduziu mais tarde. Ela não pensava em nada, nem no carro, que era um carro popular, já muito usado, sem valor. Apenas se deixava encaminhar, passiva. Rodeou o carro e se juntou a Tito do outro lado, na calçada. Não olhou nos olhos dele, nos olhos de ninguém. Não pediu para pegar a bolsa, que tinha ficado no banco de trás. Movimentava-se naquela dimensão onírica, desprovida de sentimentos, vazia de tudo, sem medo algum. Antes de o último homem entrar no carro, ele ordenou: "Se abracem. Se beijem. Finjam que estão namorando". Tito e Lia obedeceram. Aproximaram-se, tocaram-se. Lia passou os braços por trás do pescoço de Tito e o puxou. Veio então o beijo, um beijo de verdade, doce e violento como eram os beijos deles, e esse contato fez o tempo se despedaçar uma segunda vez, mas agora no sentido inverso, tornando a transcorrer em ritmo real, os segundos correndo compassados, como as batidas do coração.

Quando se separaram e abriram os olhos, os homens e o carro tinham desaparecido. Estavam sozinhos, de pé na calçada, quase descrentes do que acabara de acontecer, como se emergissem de um filme. Tito apertou a mão de Lia e eles atravessaram a rua em silêncio, em direção à Senador Dantas.

Lia imaginava que Tito fosse pedir ajuda, parar um carro da polícia ou ir a uma delegacia. Lia lembrou-se de que havia um posto policial no Catete, não muito longe dali; podiam pegar um táxi, estariam lá em poucos minutos. Mas Tito continuava caminhando, sem dizer nada. Apertava a mão de Lia com tanta força que ela sentia vontade de gritar. Mas sua garganta estava fechada, ela não conseguia emitir nenhum som. Precisava concentrar a atenção nas próprias pernas, que tremiam e se esforçavam para acompanhar as passadas largas e determinadas de Tito.

Ela ia de cabeça baixa, o olhar preso às pedras do chão, às rachaduras do cimento, às folhas na calçada, tentando não perder o ritmo dos passos, quando ouviu um ruído. Um som animal, como um ronco. Teve a consciência imediata de que vinha de Tito. Era ele. Tito *rosnava*. Lia demorou alguns segundos até reunir coragem e espiar com o canto do olho, para ver aquilo que já esperava. O olhar perdido, feroz, preso a algum ponto infinito, o semblante transformado, como se pertencesse a outra pessoa, os dentes brilhosos que se deixavam entrever quando o som eclodia na garganta e atravessava a boca. Lia já tinha visto aquilo outras vezes e nunca soubera o que pensar. O mistério da incorporação. Tito estava possuído.

A Lia parecia imenso o espaço de tempo que a separava do encontro junto à balaustrada de mármore, diante de um jardim, quando Tito dissera a frase sobre as flores murchas e os cadáveres. Quanto tempo, quantos meses? Não importava. Tinha sido uma era de paixão e sobressaltos, de longos silêncios, de desaparecimentos, mas, acima de tudo, de mistério. Nunca, ao longo de todo aquele período de convivência, Lia conseguira decifrar Tito. Mas, sim, deixara-se devorar. Cada pedacinho seu fora tragado por aquele amor enlouquecido, doentio, mas de uma intensidade que Lia jamais vislumbrara.

Seu pássaro noturno. Era assim, acordava com o coração aos saltos. O barulho do trinco, a porta que rangia, empenada, sempre. Era o sinal. Seu pássaro furtivo, que penetrava no quarto escuro com um ruído de subterfúgio, um roçar de asas. Nunca, nunca havia luz naquelas cenas, apenas a luminosidade inquieta da rua, que penetrava. Nesses raios intermitentes, Lia enxergava o branco do sorriso, o brilho dos olhos. Ele costumava ir entrando e se desfazendo das roupas, até subir na cama e ficar de pé, diante dela, nu, sua silhueta enorme, cada vez maior à medida que os olhos de Lia despertavam e se acostumavam à penumbra. E, quando ele caía sobre ela, às vezes Lia tinha a impressão de que a escuridão vinha com ele, que descia sobre seus corpos como um manto, isolando-os do resto do mundo material, encerrando um no outro de forma irremediável. O amor que faziam era luta e delírio, um amor alucinado, sôfrego, porque a essas noites — Lia sabia — sempre se seguia o abismo.

Tito desaparecia. Ficava semanas sem dar sinal. Até que um dia Lia chegava em casa e encontrava a sala inundada de flores. Sempre as flores. As flores da vida e da morte.

Um dia isso mudou. Tito se apaixonou por outra mulher. Jovem, bonita, loura. Todos os clichês. Como foi que Lia soube? Fragmentos outra vez. Uma noite, o pássaro trouxe um cheiro novo, um cheiro de mulher, misturado com o odor de cerveja e sexo. E um olhar. Mesmo no escuro, Lia enxergou alguma coisa naquele olhar, um fogo que se revelava e que, ela intuía, seria diferente de todos os outros. Lembrava-se de, no escuro, enquanto faziam amor com desespero, ter pensado em uma canção — melodias e palavras sempre pontuando sua vida. Era só um trecho, ela não conseguiu pensar em mais nada. *Vi no teu olhar envenenado o mesmo olhar do meu passado, e soube então que te perdi.* O pesadelo começava.

Com a janela do carro aberta, Lia sentiu as mãos suadas segurando o volante. Percebia que agora o barulho do trem vinha de baixo dela. Estava em um viaduto, cruzando a linha férrea, ela e o carro preto. Viu de relance uma placa verde e branca, toda pichada, e pensou ter vislumbrado sob os rabiscos o nome *Cascadura*. O carro preto continuava a uma velocidade média, por deferência a estar sendo seguido. Rua Borneo. O que será isso, Borneo? Uma referência às selvas de Bornéu, quem sabe. Lia sorriu, um sorriso forçado. Começou a cantar alto, a voz abafada pelos barulhos da noite, do vento. *Quem me vê sentado, atrás desta mesa de escriturário, não me vê no convés de um veleiro de três mastros, me guiando pelos astros, a caminho de Bornéu.*

Sem saber bem por que, piscou duas vezes o farol alto do

carro; será que queria sinalizar sua presença? O carro preto ligou o pisca-alerta, deixou que as luzes intermitentes se manifestassem por algum tempo, depois desligou. Uma resposta. Talvez estivessem chegando. *Mas eles não sabem que eu sou gigolô de beira de cais, que eu sou o autor do crime da mala, que larguei o trapézio por beber demais...*

Lia observou o entorno. Ruas escuras, lixo no meio-fio, muita pichação, famílias sentadas à porta de casebres fazendo churrasquinho, bebendo cerveja. Ali havia mais movimento de carros, pessoas nas ruas, muitas caminhando na mesma direção, o ponto desconhecido para onde Lia também seguia atrás do carro preto.

Desembocaram em uma rua mais larga, mas quase tão escura quanto as outras. Lia enxergou uma placa um tanto apagada. Rua Carvalho de Souza. O carro preto jogou a seta para a direita. Diminuiu a marcha e entrou em um terreno baldio, onde havia muitos carros parados. Um estacionamento. Lia pôs sua seta na mesma direção e entrou também. Parou o carro e esperou. Continuava cantando a canção baixinho, o coração acelerado. *Não sabem que eu roubo meninos na praça quando a tarde cai, e que os vespertinos já me apelidaram de monstro assassino do Parque Shangai.* Aldir, Aldir, você conhece, você sabe. *Nem imaginam as atrocidades que vou cometer. Não desconfiam que a causa de tudo é não conseguir me esquecer de você.*

No carro preto, um vidro foi baixado, e um braço moreno estendeu alguma coisa para um guardador. Depois, a mão daquele braço fez um sinal com o polegar, apontando para trás, para Lia, como se dissesse: "Ela está comigo". E foi nesse momento — com esse gesto de domínio — que se abriu o espaço para a segunda história.

1912
O chocalho

As aventuras entre árvores sempre foram muitas, mas Mariá não podia imaginar que, no exato instante em que segurasse aqueles dois galhos com as mãos e fincasse o pé direito no tronco para subir, um ruído salvaria sua vida. Seria a bifurcação, o descaminho. Um som lúdico, talvez hipnótico, com a alegria de um guizo — um chocalho. A menina ouviu. Parou, como se fulminada. E esse foi o instante do não, que transformaria gerações.

Sem nunca suspeitar que encontraria seu momento crucial, Mariá cresceu livre pelos campos que circundavam a propriedade do pai, o comendador Urpia, correndo e brincando entre cacimbas e açudes, morrotes, paredões de pedra, pequenas florestas. Tivera a sorte de nascer em um oásis, pedaço de terra verde cravado na vastidão de galhos secos e mandacarus que cobriam o solo morto do sertão da Bahia. E não só isso, nascera em um lugar cheio de encantamentos, lendas e assombrações: Monte Santo. Ali, a magia estava em toda parte, nos mistérios da montanha descoberta pelo frei italiano; na pedra gigantesca toda feita de ferro que caíra dos céus ninguém sabia quando; na saga de fé e sangue traçada por Antônio Conselheiro. Mas, sobretudo, estava nas histórias de reinos e paixões proibidas contadas e cantadas pela velha Cunegundes, sua babá.

Mariá tinha nove anos quando ouviu o ruído — o som da não morte, da salvação. Com um silêncio reverente, muito quietos, vamos penetrar com ela naquele umbuzal sombreado, perto do açude, no exato dia de abril de 1912 em que a bifurcação aconteceu. Mas calma. Antes, precisamos recuar mais no tempo, tecer a trama, fiar os fios, trançar cordas e paus e panos para que se componha o cenário. E fazer isso com a matéria-prima das histórias, aquela que, quando quer, anula o tempo e o espaço: a palavra.

Cena 1 — A montanha mágica

Frei Apolônio fincou o cajado no chão e olhou para cima. Foi um transporte. De imediato, estava diante do monte do Calvário, o Gólgota. O assombroso e sagrado Lugar da Caveira, onde Jesus fora crucificado. Tudo igual. Ali, o morro se alteava com sua vegetação rala, recortado contra um céu azul sem nuvens, e a picada aberta pelo povo, que levava ao cume, exibia um chão de areia branca e cascalho, sendo brancas também as pedras maiores que ladeavam o caminho. Exatamente como ele visualizara ao ler e reler a Bíblia e todos os seus testamentos. Sentiu a vista umedecer, enquanto as mãos seguravam com força o cajado à frente. Era um sinal.

A caminhada até ali fora muito longa, e duríssima, mesmo para um homem como ele, vigoroso e ainda jovem com seus trinta e oito anos. Nascido na cidadezinha de Todi, perto de Assis, deixara para trás sua Itália e o Velho Mundo, cruzando os mares para ser missionário no Brasil. Em terras brasileiras, escolhera o que havia de mais inóspito, porque era na aridez que queria semear sua fé: o sertão da Bahia. Já fazia quase dez anos que caminhava pela região, pregando e celebrando batizados e casamentos, quando foi chamado a Piquaraçá, lugarejo localizado no sopé da serra do mesmo nome. E ali teve a revelação.

Em pouco tempo, convenceu o povo do lugar a ajudá-lo em sua empreitada: fincar cruzes ao longo da picada que levava ao cume, retraçando os passos de Jesus a caminho do Calvário, e lá no alto construir uma capelinha. O povo se solidarizou com o jovem sacerdote. Com paus de aroeira e cedro, os fiéis fizeram vinte e duas cruzes, para cravá-las morro acima. A primeira, representando as almas, as sete seguintes em alusão às dores de Nossa Senhora e as quatorze últimas representando cada etapa da subida de Jesus ao Calvário. No dia marcado para a cerimônia de colocação das cruzes — a Procissão da Penitência, como ele a chamou —, frei Apolônio rezou uma missa no sopé da montanha. Eram três da tarde do dia 1º de novembro de 1785.

Ao encerrar a missa e começar a subida, acompanhado de dezenas de fiéis, frei Apolônio está inquieto. Sente uma pressão nas têmporas, no peito, a boca seca, o coração acelerado. Sobe, como se tomado por um transe. Há, naquele lugar tão distante de tudo, alguma coisa indefinível, que o desconcerta. E não só pela semelhança do morro com o Monte do Calvário. Há algo mais naquela terra onde o regato não morre nem em tempos de seca, uma região onde o verde viceja, embora toda uma imensidão à volta seja só terra crestada e gravetos mortos. Como se o monte tivesse sido tocado pela magia. Frei Apolônio sabe que é uma heresia pensar assim, mas não pode evitar.

Sabe das histórias sobre a pedra de ferro. A pedra que, diziam, caíra do céu. A gigantesca pedra escura que um menino-pastor tinha encontrado um ano antes não muito longe dali. O Bendegó. Seria isso então? Teria a pedra misteriosa algum poder capaz de criar na região uma aura desconhecida? Ele, um sacerdote, tão sólido em suas convicções na fé católica, não pode sequer cogitar tais coisas, no entanto são esses os pensamentos que lhe surgem enquanto galga o caminho, acompanhado pelos fiéis, rezando em voz alta os pai-nossos e as ave-marias, orientando o trabalho de fincar as primeiras cruzes.

A tarde começa a cair. Frei Apolônio pensou em iniciar a subida mais cedo, no entanto os preparativos atrasaram. Agora vê que dificilmente conseguirão terminar de fincar as cruzes e chegar ao topo antes do anoitecer. Mas não faz mal. Muitos fiéis levam lanternas e, para o espírito poético de frei Apolônio, é até bonito imaginar o monte incendiado pela procissão de luzes, cumprindo a missão pia.

Mas, estranho, está anoitecendo rápido demais. Tinham terminado de fincar a décima terceira cruz, com meio monte já percorrido, quando frei Apolônio enxuga o suor e olha para cima. O céu, antes tão azul, está acinzentado, opressivo. É nesse instante, sem qualquer aviso, que o vendaval chega. Vem de cima, varrendo o morro, uma lufada tão forte que parece um furacão. Um redemoinho de poeira atinge o sacerdote, enquanto ele ouve a gritaria dos fiéis, que se atiram ao chão. As lanternas se apagam com a força do vento. As pessoas se agarram umas às outras, para não rolar ladeira abaixo, tamanho o poder daquela viração sobrenatural. *Sobrenatural.* A palavra ocorre a frei Apolônio contra a vontade, mas ele não pode deixar de pensar na tempestade que se abateu sobre o Gólgota assim que Jesus morreu na cruz. Aquele morro, aquele lugar, o pedaço de terra ao qual ele veio dar por acaso, atendendo ao pedido de um coronel, tem qualquer coisa de inexplicável.

Então, gritando bem alto para que suas palavras vençam o uivo do vento, frei Apolônio pede aos fiéis que não tenham medo, que invoquem Deus e os santos e que rezem bem alto. Os fiéis obedecem. Rezam e rezam, abraçados uns aos outros, de olhos fechados para que a poeira não os cegue. A ventania passa. Ao final da tormenta, frei Apolônio toma uma decisão: vai pedir ao povo de Piquaraçá para renomear o vilarejo e o morro. O novo nome será Monte Santo.

Cena 2 — O açude da solidão

Mas não foi atrás de fé e santidade que, cem anos depois, o comendador Demétrio Urpia se embrenhou pelo sertão baiano e parou em Monte Santo. Foi atrás de riqueza, das minas de ouro e prata que, segundo se dizia, existiam no lugar. Se encontrou os metais preciosos, ninguém sabe. Mas alguma coisa ele fez, e não foi boa coisa, porque logo se tornou um dos coronéis mais ferozes e poderosos da região. Todos o temiam e respeitavam, aí incluídos o povo de Monte Santo, os políticos e coronéis, os criados da casa e sua própria família, mulher e filhos.

O comendador Urpia era casado com uma criatura muito mansa, apropriadamente chamada de dona Pombinha, e com ela já tivera dez filhos — sete meninas e três meninos — até aquele dia 5 de outubro de 1903, que é onde estamos agora. Pelas artes da contação de histórias, acabamos de viajar, se não no espaço, pelo menos no tempo, rasgando, como em um livro de H. G. Wells, mais de dez décadas a toda a velocidade e vencendo duas viradas de século para chegar aqui.

Hoje, há grande agitação no casarão dos Urpia e no entorno. É dia da inauguração do grande açude. Durante meses, a rocha foi explodida com dinamite e o curso de um rio mudado para encher a gigantesca cacimba que vai servir para alimentar gente e gado nas épocas de seca. O povo está em festa. Diante da casa principal, um sobradão cercado de varandas, foram armadas as mesas, pranchas de madeira sobre cavaletes de metal, mandados trazer de Salvador. Há guirlandas e lanternas penduradas nas árvores e nos beirais, e três assadores imensos onde foram colocadas as carnes de boi, porco e bode. Gamelas grandes como rodas de carroça e terrinas de todos os formatos e tamanhos são depositadas nas mesas pelas criadas, contendo paçoca de carne-seca, farinha de copioba, grandes nacos de aipim, purê de batata-doce, arroz, feijão-verde e outras iguarias. A um canto do terreiro, perto da varanda, uma fieira de pipas de aguardente, com suas torneirinhas, está pronta para servir os convidados. E as criadas, que entram e saem da cozinha, carregam também jarras com umbuzada, caldo de cana e sucos de cajá-manga e tamarindo, os prediletos dos sinhozinhos.

Dona Pombinha, sempre muito discreta, está na cozinha, orientando os trabalhos com sua fala mansa. Prefere ficar nos bastidores dos acontecimentos, cuidando dos detalhes da festa, a circular entre os convidados, a gente toda que se espalha pelo terreiro na frente da casa, à espera das comidas, das danças e do espetáculo que vai colorir o céu logo mais à noitinha, dos fogos de artifício. Caminha assim, assistindo à azáfama das criadas, entre os panelões de ferro e cobre, às bocas do fogão de lenha, à bancada onde são cortados os legumes, as carnes e os temperos, quando sente a primeira fisgada. Leva a mão ao ventre, em silêncio. Amparada pela parede, sai em direção à sala de jantar, onde não há ninguém. Posta-se junto a uma das janelas e respira fundo, de olhos fechados. Morde os lábios ao sentir nova agulhada. Seu rosto, emoldurado pelos cabelos finos, cacheados, tem uma expressão neutra. Dona Pombinha não divide sua dor, nunca. Todas as mágoas são só dela, assim como a solidão que sente, uma solidão sem fim, um sentimento que nada, nem todo o burburinho permanente de uma casa cheia de criados e crianças, é capaz de preencher.

Sempre se amparando nos móveis e nas paredes, vai até uma poltrona de palhinha, onde se senta com dificuldade, a mão direita segurando o ventre dilatado que desponta por baixo dos panos do vestido muito rodado. Ao sentar-se, alguma coisa dentro dela se rompe e, no mesmo instante em que nova dor aguda a trespassa, o líquido encharca sua roupa e começa a pingar no chão. Vai ter de atrapalhar a festa do comendador.

Mas não atrapalhou. Enquanto dona Pombinha sofria em silêncio, ajudada por uma parteira mandada chamar às pressas, a festa continuou lá fora. O comendador Urpia achou até bom que houvesse mais um motivo de comemoração, seu décimo primeiro filho chegando junto com a inauguração do açude, como um bom agouro. E foi assim que à dor, ao suor e ao sangue somaram-se cores e luzes no momento em que Mariá veio ao mundo. Na hora em que ela nasceu, espocavam os fogos de artifício.

Mariá arregala os olhos. Sente a mão suada de Cunegundes, a velha babá, segurando a sua com força. E é com um encantamento indizível que ouve a negra dizer:

— Parece inté a noite em que vosmicê nasceu.

Mariá sorri, sem tirar os olhos do céu. Na abóbada azul-escura, que nas noites sem lua vive coalhada de pequenas luzes, as estrelas desapareceram. Há apenas um astro brilhando, como um sol de luz branca que cintila de arder a vista e que, embora parado no meio do céu, deixa atrás de si um rastro, uma cauda, como uma chuva de prata.

— Foi assim quando eu nasci?

— Assim não, mas parecido — responde Cunegundes, que apertava a mão de Mariá com ainda mais força. O sorriso de Mariá se abre.

Sentados na cadeira de veludo vermelho da Máquina do Tempo, assistimos a tudo, encantados. Há pouco, empurramos o pino de cristal alguns centímetros à frente — sete anos apenas — e agora estamos na noite de 18 de maio de 1910. O cometa Halley, mais brilhante do que em qualquer de suas passagens pelas cercanias da Terra, ilumina a noite sertaneja.

— Tão dizendo que o mundo vai se acabá — diz Cunegundes, baixinho.

— Você acredita nisso?

— Num sei.

— Eu não acredito nada.

— Nóis precisa entrá. Se o doutor descobre que eu trouxe vosmicê aqui fora, ele vai ficar uma fera.

— Mas ele não vai descobrir. Estava roncando quando a gente saiu.

— As menina da cozinha me disse que ele bebeu muito no jantar. Acho que inté ele tá com medo...

— Verdade?

— E as sinhá continua lá, rezando uma novena atrás da outra. Ninguém dormiu.

— Bobas. Elas estão é perdendo. Eu nunca vi uma coisa mais linda na minha vida.

— Mas agora vamos voltar, sinhazinha, senão vosmicê vai se constipá.

— Então tá. Mas só se você prometer que conta uma história de luzes no céu.

— Luz no céu?

— É.

— Tá bom. Então vamos.

Atravessam o quintal e entram pela porta de trás, sobem as escadas pé ante pé, para não despertar a atenção das mulheres da casa, que rezam no salão da frente. Cunegundes senta Mariá na beira da cama, pega a jarra e a bacia de louça para lavar as pernas e os pés da menina. Contente, a garota dá uns pulinhos sentada, fazendo ranger as molas do colchão. Cunegundes briga, manda que ela fique quieta.

— Senão num conto nada.

E Mariá se imobiliza de forma instantânea, as mãos apoiadas ao lado do corpo. Baixa o rosto e observa Cunegundes enxugar seus pés com todo o cuidado, ao mesmo tempo em que começa a desfiar mais uma história.

— Sabe a pedra de ferro, que tá lá perto do rio? O Bendegó? Dizem que ela caiu do céu — a babá começa.

— É mesmo?

— Se é verdade, num sei, mas tem uma lenda muito, muito antiga...

* * *

Mariá sempre adorou ouvir as histórias contadas por Cunegundes. Às vezes, a família inteira se reunia no salão só para ouvir a babá desfiar seus casos e lendas, muitas vezes cantados, com rimas e tudo. Falavam de mouros e reis espanhóis, de guerras e cruzadas, de amores impossíveis entre príncipes e princesas. Ninguém nunca soube onde Cunegundes aprendera tudo aquilo. E havia algumas coisas que a velha só contava para Mariá.

A história da revolta de Canudos, por exemplo. Até dona Pombinha brigava. Se o comendador ouvisse o relato de Cunegundes, ficaria furioso. Para ele, os seguidores de Antônio Conselheiro não passavam de uns bandidos fanáticos, uns vagabundos, e era bem feito que o Exército tivesse acabado com todos, inclusive mulheres e crianças, que eram da mesma laia. Mas, para Cunegundes, não era nada disso. Ela contava o avesso da história.

Já fazia mais de dez anos que Antônio Conselheiro e seus homens tinham travado a guerra com o Exército brasileiro, com centenas de mortos de ambos os lados. O povo de Monte Santo não esquecia. Mas ninguém, naquelas bandas, tinha ouvido falar de um livro publicado em 1902 no Rio de Janeiro por um doutor das letras, muito erudito, chamado Euclides da Cunha. Nele, em um relato impressionante, o escritor, que tinha visto a batalha de perto, já mostrava os dois lados dos acontecimentos, de como os sertanejos, embora às vezes capazes dos atos mais sanguinários, tinham sido também vítimas. A guerra de Canudos fora uma guerra de fome, miséria e ignorância, mas acima de tudo uma batalha de fé em dias melhores. O que os sertanejos buscavam em Antônio Conselheiro era a salvação. Passado o tempo, o povo humilde do sertão, de alguma forma, percebia isso. E talvez Cunegundes só estivesse repetindo o que ouvia.

Mariá escutava aqueles relatos sentada no chão, aos pés da babá, com os olhos castanhos muito abertos, prestando atenção em cada palavra e fazendo associações entre aqueles sertanejos corajosos, que deram a vida para defender sua cidadela, sua igreja e seu mestre, e outros personagens que conhecia. Eles em nada se diferenciavam, na cabeça da menina, dos príncipes espanhóis que lutavam nas cruzadas contra os mouros ou dos amantes que lutavam por causa de um amor proibido. Em todos os contos, havia sempre reis malvados, tirânicos, que mandavam arrancar cabeças ao primeiro sinal de desobediência, e inocentes cujo sangue era derramado pelo caminho. E era justamente aí, na semelhança entre o real e a fantasia, que estava o maior encanto e o que fazia os olhos de Mariá brilharem.

Histórias dentro de histórias dentro de histórias. Mas chega. Apenas mais um pequeno ajuste e, pressionando com cuidado a alavanca com ponta de cristal, a Máquina nos levará adiante. Pronto, chegamos. Agora, sim, ao instante do não.

Cena 3 — O dia do chocalho

Um dia comum, parecia. Uma manhã de sol de abril de 1912. O mundo seguia seu curso, e milhões de almas se defrontavam com suas bifurcações planeta afora. No porto de Southampton, na Inglaterra, mais de mil pessoas tinham embarcado em um navio luxuoso que atravessaria o Atlântico para aportar em Nova York. Um navio inexpugnável, que jamais poderia afundar, chamado *Titanic*. Quantas pessoas não estiveram, nos dias que antecederam a partida, entre comprar e não comprar as passagens, entre embarcar e não embarcar, diante de uma decisão que parecia fortuita, mas que na verdade era a escolha entre a vida e a morte? Quantas? Semanas antes, no outro extremo do mundo, na Antártida, o britânico Robert Falcon Scott e seu grupo de exploradores também fizeram escolhas que os levariam à morte. Em Londres, um mês antes, em março, o escritor Bram Stoker morria de derrame cerebral em consequência de uma sífilis que talvez tenha contraído ao se relacionar com uma prostituta. Podemos imaginá-lo ainda jovem, parado na rua em uma noite de chuva, pensando se teria ou não coragem de subir ao apartamento miserável daquela mulher que o chamava, de seios protuberantes e lábios carnudos. Subir ou não subir a escada pode ter sido o momento crucial, a escolha com a qual todos nos defrontamos um dia e que pode determinar nosso caminho de morte ou de vida.

Mas na manhã quente de abril, ao sair para brincar, Mariá não sabe de nada disso. Vai tomar banho no açude, o lago enorme que, por alguma razão, sua mãe chama de Açude da Solidão. Mariá acha esse nome bobo porque, para ela, o lugar é só fonte de alegria.

É uma mulher estranha, sua mãe. Sempre tão calada, parece triste. Certa vez, quando o comendador estava havia semanas viajando, inspecionando as minas de prata lá pelas bandas de Jacobina, Mariá entrou no gabinete do pai e encontrou a mãe junto à escrivaninha, com o rosto nas mãos. Estava chorando. A menina teve pena, mas sentiu também se formar no estômago, como um bolo, um sentimento diferente, que ainda levaria algum tempo para decifrar. Era raiva do pai.

Mariá se concentra na antecipação do banho no açude. A água deve estar uma delícia. Caminha aos saltos, quase correndo, pela estradinha de cascalho, feliz por ter conseguido sair bem cedo, sem que ninguém visse, nem mesmo Cunegundes. A lembrança da babá traz uma pontada de inquietação. Isso por causa da história de assombração que ela contou na noite passada, sobre a alma penada que vive entre os pés de umbu. Há um umbuzal no caminho, mas a menina sabe como deve se comportar quando passar por lá. Tem que andar naturalmente, respirando de forma pausada, sem mostrar que está com medo. Os fantasmas, garante Cunegundes, são atraídos pelo medo. Quando as pessoas estão amedrontadas, desprendem pela nuca um vapor invisível, uma fumaça da qual as almas penadas se alimentam. *É disso que elas gostam.*

Mariá se arrepia. Mas vai em frente, apertando o passo. A menina adora umbu. Trouxe uma sacola para encher com algumas frutas, as mais maduras, que encontrar pelo chão ou nos galhos mais baixos. Sempre fez isso, não é agora que vai deixar de fazer, só por causa de Cunegundes. O que ela contou é só uma história.

Ou talvez não. Cunegundes garantiu que aconteceu de verdade. E, pior, com dona Pombinha. Mariá não acreditou, mas também não teve coragem de perguntar à mãe. É uma história esquisita porque teria se passado ao ar livre, entre árvores. Mariá está acostumada a ouvir contos assombrados que acontecem em casarões antigos, em castelos abandonados, não debaixo de um pé de umbu.

Já vai?

Mariá ainda ouve, como um eco, a voz de Cunegundes contando. Dona Pombinha estava pegando umbu para o lanche das crianças. Ia fazer uma umbuzada, macerando as frutas junto com leite, como os pequenos gostavam. Nem tinha levado sacola, apenas o avental, em cujo côncavo ia guardando as frutas maduras, apanhadas no chão. Não tinha sido ali, na fazenda de Monte Santo. Isso acontecera muitos anos antes, em outra propriedade, quando Mariá nem tinha nascido. Lá, o umbuzal ficava atrás da casa, não muito longe. Eram muitos pés de umbu, um ao lado do outro, com as copas se tocando no alto, formando um refúgio de sombra tão espessa que, em dias nublados como aquele, ficava quase noite dentro do umbuzal. Dona Pombinha foi se abaixando e pegando, escolhendo algumas verdes, outras já amarelando, que eram menos ácidas. Já estava com o avental cheio de frutas e se virando para sair do umbuzal, de volta para casa, quando ouviu uma voz fina de mulher atrás de si:

Já vai?

Virou-se. Não havia ninguém. Ficou procurando, com a certeza de que alguém estava escondido atrás de algum tronco de árvore, pois ouvira a frase com toda a nitidez, pronunciada com muita ênfase e um toque de deboche, de provocação. Ou de ameaça.

Bobagem, pensou dona Pombinha, e tornou a dar as costas para o umbuzal, para ir embora. Mas não tinha dado três passos, quando ouviu a voz outra vez.

Já vai?

Virou-se de novo, já sentindo os cabelos eriçados. Nada. Ninguém. Apenas o umbuzal sombrio, com seus galhos mexidos pelo vento. Dona Pombinha soltou o avental, ergueu o vestido e saiu correndo, sem pensar no que fazia. Os umbus que tinha recolhido ficaram largados no chão.

Cunegundes era danada. Tinha uma maneira de contar que dava muito medo. Mas, no fundo, Mariá gostava. Será que tinha mesmo acontecido?

A menina segue em frente, com passos firmes. No trecho que percorre agora, a vegetação se alteia, é quase uma pequena floresta, com tamarineiros de copas rendadas, ipês, angicos e quaresmeiras em flor. O umbuzal está logo à frente. Pensa mais uma vez nas palavras de Cunegundes, no sopro do qual se alimentam os fantasmas. Mas não vai ter medo. Não vai.

Já vai?

59

Penetra no umbuzal. O chão está coalhado de frutas podres, em torno das quais zumbem as moscas. Mas Mariá quer pegar os umbus que ainda estão nos galhos, pois são os melhores, de casca lisinha, perfeita, onde vai cravar os dentes. No meio do umbuzal, há um pé que é o maior de todos, talvez a árvore mais antiga, sua predileta. Seu tronco se abre, na altura dos olhos de Mariá, em uma forquilha. A menina gosta de trepar na árvore e colher os frutos, que são os mais doces. Faz isso sempre. Mas ela não sabe que, dessa vez, no ponto exato em que a árvore se abre em dois meios troncos, em dois galhos grossos, ali, na forquilha onde ela está prestes a pisar para subir, alguma coisa se esconde.

Mariá arria no chão sua sacola. Tira o chinelo. Finca o pé direito no tronco e já vai dar impulso para subir, quando ouve o som. O chocalho.

Estaca, como se fulminada. Conhece muito bem aquele som. Nunca o ouviu tão de perto, mas sabe que é o som da morte. O chocalhar do rabo de uma cascavel. Por um segundo, o tempo para. Mariá olha o réptil nos olhos, seus grandes olhos oblíquos e amarelos acima da língua escura e bifurcada que se move. Vê o corpo viscoso, de escamas em dois tons de marrom-acinzentado, um corpo enrolado em si mesmo e no qual, como se tivessem vida própria, se movem a cauda e o chocalho. Toda essa percepção se dá em apenas um segundo. Outra fração maior de tempo, e Mariá seria hipnotizada pelo olhar da cobra, não conseguiria fugir. Mas a menina consegue vencer a paralisia e sai correndo feito louca, sem olhar para trás.

Mariá lembra-se bem da morte da cadela Maque, nunca vai esquecer. Os olhos esbugalhados como uma afogada, a boca aberta, sem poder respirar. Ninguém sobrevive à picada de uma cascavel. Corre, corre e corre, ferindo os pés descalços, arranhando as pernas nos espinheiros do caminho, caindo e levantando, chorando de terror. Quando chega ao terreiro, a primeira pessoa que vê é Cunegundes, que olha para ela com os olhos arregalados. Agarra-se à babá, soluçando.

— Vosmicê viu alma penada, menina?

Mariá não responde. O que viu foi muito pior do que assombração.

Se tivesse subido um pouco mais depressa, se tivesse fincado o pé mais para a frente, se a cobra não tivesse sacudido seus anéis, se...

Ela ouviu o chocalho. Não chegou a subir e *não pisou* na cascavel. Escapou. Embora seja só uma menina, já tem, de alguma forma, a compreensão da grandeza do momento. Sua vida tomou um desvio.

Como não morreu, Mariá cresceu, brigou com o pai e foi embora para Salvador. Lá, se casou com Adolpho, filho de um médico do Exército, o capitão João Alexandre, que, anos antes, tinha participado de uma batalha sangrenta, a mesma que, narrada por Cunegundes, povoara a infância da menina — a guerra de Canudos.

Mas essa é outra história.

3.

E Lia, onde estará Lia, a mulher que percorre a noite?

Estacionou ao lado do automóvel de vidro escuro e agora está aqui, na nossa frente, ainda sentada ao volante de seu carro, no estacionamento de um subúrbio do Rio, perplexa diante daquilo que sente ao virar a chave, desligando o motor, ao subir o vidro e pôr a mão esquerda na maçaneta de metal que, pressionada, a fará abrir a porta — e saltar. Perplexa, sim, sobretudo porque um sentimento a domina nesse momento, e não é dor nem medo. É alguma coisa próxima de desejo.

No instante em que se prepara para descer do carro e ir ao encontro do desconhecido que a guiou até aqui, Lia se sente inundar por uma recordação que é diferente de todas as outras, pois não é tátil — é só visão. Na praia deserta, de águas muito calmas, com pedras cobertas de limo, um remanso, uma baía, Tito caminha alguns metros à frente dela, descalço, com o torso nu, levando sobre os ombros um tronco pesadíssimo, todo sujo de areia. Lia se pergunta por que ele estará fazendo isso, como se impusesse a si próprio um castigo, um exercício de disciplina, um desafio. Caminhando atrás dele, percebe os nós dos músculos das costas, dos braços, o esforço tremendo que ele faz, e isso, por incompreensível, a fascina. Tito parece crucificado ao tronco. Talvez, mais tarde, ele tivesse dito alguma coisa, Lia não se recorda, mas em sua mente a cena se fecha com uma explicação: Tito lutava para se manter na aspereza, no limite da dor. Não queria ser dulcificado.

Um baque e a porta do carro está fechada. A trava faz um barulho. Lia já saltou, levando a chave. Alguns metros distante dela, está o homem do carro preto. Ele caminha em sua direção. Só então Lia toma consciência do som ao redor, da música de ritmo bem marcado, em volume altíssimo, que parece explodir através de milhares de caixas. O homem anda em sincronia com os compassos. E sorri. É jovem, não terá mais do que trinta anos. Moreno, olhos escuros, com um cabelo encaracolado que lhe cai até os ombros em pequenas molas de um castanho quase preto na raiz, mas com pontas louras.

— Você veio dançar? — ele perguntou.

— Vim.

— Então vem comigo.

Lia deu a mão ao rapaz, sentindo a palma quente e seca dele, e saíram andando, sem conversar. Enquanto pisava o chão de terra batida do estacionamento, Lia olhou para baixo e sentiu espocar outra vez o flash da caminhada assombrada ao lado de Tito, no dia em que o carro dela tinha sido roubado. Depois de quase esmagar os ossos da mão de Lia, por apertá-la com tamanha força, depois de percorrerem vários quarteirões de cabeça baixa, ambos, ela tentando conter o choro, Tito rosnando, ele parou em uma esquina e soltou sua mão. Lia massageou o pulso e ficou olhando enquanto Tito se curvava, fincava um dos joelhos no chão, unia as mãos e se debruçava sobre elas, como se rezasse. Ficou assim por muitos minutos, enquanto Lia continuava de pé, paralisada, olhos fixos nele, sem se atrever a olhar em torno, tomada por vergonha e medo, até que ele ergueu o rosto e sorriu. Era ele mesmo outra vez.

Lia agora observava o lugar onde estava. Ela e o homem do

carro preto tinham acabado de atravessar a rua, uma rua coalhada de automóveis estacionados, de pessoas andando em todas as direções e de dezenas de barraquinhas vendendo comida e bebida. Puxada pela mão do rapaz, Lia se embrenhava naquele mundo onde tudo era muito, tudo era excessivo e transbordante, o som, as cores, os cheiros. Das barracas, junto com a fumaça desprendiam-se cheiros deliciosos, de churrasco, queijo coalho, acarajé. A música, um som que Lia nunca tinha ouvido, era compassada e hipnótica, no volume máximo. E tudo em torno era colorido, as pessoas, as roupas e até as pilastras azuis do viaduto sob o qual se encontravam, cheias de grafites e pichações.

— Já tinha vindo aqui?

Lia tomou um susto ao ouvir a voz, quase gritada, do rapaz.

— Não.

— É o Dutão. Pra dançar, não tem nada igual.

Lia assentiu sorrindo e levantou o rosto. As pistas de carros se cruzavam acima de sua cabeça e ela pensou que a trepidação da música ia acabar trincando aquele cimento armado. *Dutão*. Então era isso, era onde estavam. Já tinha ouvido falar, embora não com esse nome. O viaduto de Madureira.

Lia teve um último contato com o real antes de mergulhar naquele mundo. Foi ao sentir na bolsa, cuja alça trazia cruzada no peito, a vibração do celular. Ainda pensou que devia ser Ana, para saber se ela tinha chegado bem em casa, e estranhando que não atendesse ao telefone. *Ou será que a notícia já se espalhou?* Mas o vibrar do aparelho contra seu corpo foi o último suspiro de um pássaro engolfado pela vibração maior que vinha do chão, do teto, de toda parte. Era um terremoto. Uma voz de mulher cantava uma canção quase falada, lenta, dolente, ainda que marcada por uma batida implacável, cujo ribombar fazia estremecer as caixas de som empilhadas nos cantos da pista. Lia e o rapaz tinham acabado de penetrar no âmago da multidão que se comprimia sob o vão do viaduto, em volta dos dançarinos.

Na cadência do som, rapazes e moças se moviam como se estivessem atados, em perfeita sincronia, um desenho cheio de variações, uma longa coreografia que eles pareciam ter passado a vida inteira ensaiando, um, dois, um, dois, uma volta, um dois, um dois, uma palma, um dois, um dois, um menear de quadris. Faziam gestos com as mãos, abraçavam-se, alisavam-se. Havia uma sensualidade contagiante naqueles corpos brilhantes, suados, ondulantes como enguias. Mesmo as pessoas que só assistiam aos bailarinos também se moviam, formavam uma única massa que pulsava, ninguém conseguia ficar parado. Era como pular corda, quem chegava perto era tragado pelo movimento. E havia também as luzes, luzes das mais diversas cores que piscavam no mesmo ritmo, fazendo com que as pessoas fossem, alternadamente, vermelhas, azuis, amarelas, verdes, lilases, ou se banhassem na fosforescência estranha da luz negra. Houve um momento em que a luz negra durou mais tempo e Lia alisou os braços, observando a cintilação, pensando no fascínio que tiveram aquelas pessoas em Goiás quando se esfregaram com o pó radioativo. Havia, sim, uma radioatividade em Lia, e em tudo à sua volta, uma energia mortal, mas irresistível. E o calor. Fazia um calor mais forte do que qualquer temperatura alta que Lia já tivesse experimentado. Ali dentro, no coração da pista, a densidade do ar era a de um vulcão em erupção, com sua lava borbulhante e nuvens piroclásticas.

Lia não viu nada, não sentiu, foi tragada para junto dos dançarinos, da mesma forma que seu carro fora tragado para dentro do túnel por uma esteira de asfalto que se movia à sua revelia. Suas pernas, seus quadris, braços, ventre, tudo, se fizeram onda, se fizeram líquido, mas não um líquido fluido e sim algo viscoso, com liga. E foi talvez essa qualidade aderente e tátil que a tornou, instantaneamente, um deles.

    Lia dançava, integrava-se a todos com seus passos canhestros mas verdadeiros, passos de entrega. O mesmo calor e suor que a tinham banhado no carro, no túnel, a tomaram inteira outra vez, mas se antes aqueles fluidos haviam suscitado nela a comparação entre menopausa e sexo, agora o que sentia era sensualidade pura. Enquanto o suor escorria de seus poros, era como se estivesse outra vez fazendo amor com Tito. Era bom estar ali, amalgamada à massa movente, abraçada aos corpos suados e seus tentáculos, salva de qualquer possibilidade de desalento, solidão, abandono — *morte*. A multidão a redimia, e talvez até a perdoasse.

    E onde estava o rapaz do carro preto? Dançava também, talvez. Ou desaparecera do centro da pista, em busca de uma bebida. Lia não sabia e não se importava. Uma vez tragada pela enguia ondulante a que todos se fundiam como se fossem escamas, Lia se tornara, ela própria, parte daquele corpo coletivo. Ninguém parecia prestar atenção nela, ninguém parecia prestar atenção em ninguém, todos estavam unidos pelo mesmo ritmo encantatório, que não cessava nunca, que entrava pelos ouvidos, pelos poros, pelos olhos junto com a luz, e os ligava uns aos outros como gotas minúsculas de mercúrio que, ao se aproximarem, juntam-se em uma só bolha prateada.

    Lia dançou e dançou, e a cada mudança de luz parecia surgir um novo contato seu com o passado, e já não era Tito que emergia, e sim algo mais longínquo, memórias mais remotas, páginas e páginas de livros, a polpa que, transformada em papel, a fazia viajar para longe do quarto, da sala, da amargura dos avós, obrigados a cuidar da menina, o papel que ela acariciava bem devagar e que tinha um cheiro próprio, de alguma forma semelhante ao odor que se desprendia das canetas quando estouravam. O mundo de palavras que era sua única redenção ao longo dos anos de menina e moça, sozinha, sempre sozinha. A formatura, o primeiro emprego, as amizades, os namorados, até mesmo Ana, sua melhor amiga sempre, desde que eram muito jovens, nada disso jamais fora capaz de destruir a barreira que havia entre ela e o mundo, os tijolos sobrepostos, bem alinhados, justos como os que o professor erguera dentro da própria mente para tentar esconder alguma coisa daquelas crianças alienígenas, de cabelos louros e olhos muito claros, os meninos cruéis do filme a que ela assistira um dia. Lia vivera assim, cercada por aquele muro, cuidadosamente posto, sem espaços, sem desvios, e de alguma forma aprendera a se relacionar até bem com o mundo, com as pessoas, com tudo dentro de seu isolamento, que talvez só fosse perceptível para si mesma. No filme, o professor tentou e tentou manter o muro de pé, mas, com extrema concentração, as crianças amaldiçoadas conseguiram pôr abaixo os tijolos e descobrir, no último segundo, a bomba que ele escondera. Com Lia também foi assim. Seus tijolos foram ao chão, um a um, o muro inteiro desmoronou pela ação de uma frase, palavras sobre flores e cadáveres, a frase que, como a do poeta, foi também uma sentença.

Em algum momento da noite, minutos, horas depois, Lia abriu os olhos e viu um par de olhos escuros a poucos centímetros dos seus. A moldura de cabelos encaracolados, quase louros. E um sorriso. O rapaz meneava os quadris, entrando no ritmo que o cercava, e trazia nas mãos dois copos de plástico com bebidas, um para ele, outro para ela. Lia pegou o copo, sem parar de dançar, e, agradecendo com um gesto de cabeça, provou. Caipirinha. Muito forte, forte demais, amarga. Mas era bom assim, tomou dois goles grandes seguidos, quanto mais torpor, melhor. *Nem imaginam as atrocidades que vou cometer.*

A enguia, o corpo comprido e brilhante, as escamas coladas à pele mexendo-se no fundo do mar, um mar onde era sempre noite, mas uma noite cheia de luz, como nas regiões abissais, onde só sobrevivem os seres que têm luminosidade própria, uma luz fosforescente, esverdeada, lilás, talvez como a luz negra, que torna mais cintilantes do que nunca os dentes brancos, os grânulos de poeira na roupa escura brilhando como estrelas, uma Via Láctea inteira, poeira de estrelas de um universo contido nos poucos centímetros de tecido de uma camisa de homem, preta, como são os olhos dele, que ainda estavam ali também, dois buracos negros tragando toda a energia, toda a massa, transformando matéria sólida em gasosa e afinal em líquido, doce e quente como melado ou sangue, escorrendo pelas costas, pelas pernas abaixo, inundando o chão, mas agora outra vez mercúrio, ou prata, ou césio 137, e explodindo em uma nuvem atômica, mas não de uma claridade que cega como no horizonte em Bikini, e sim feita de gomos escuros, nuvem mortífera assoprada de dentro de um vulcão.

Lia já não sentia os pés nem as mãos, nem os braços, mas percebia a cintura, a cintura que sempre fora seu ponto mais sensível, o pedaço de carne que a fazia render-se, sempre, e era ele que recebia agora o contato de braços quentes que a cingiam, como se a guiassem no abismo de luzes verdes, azuis, amarelas, vermelhas em que mergulhava. *Alguma coisa na bebida?* Lia não lutou, não resistiu. Percebia que estava desfalecendo. Mas queria mesmo se dissolver naquele precipício. *Esquecer.*

E foi em meio a essa vertigem que surgiu a terceira história.

1935
Os óculos

Com a mão trêmula, a menina ajeita os óculos no nariz e sai do canto escuro, embaixo da cama, onde se escondeu. O suor lhe desce pelo rosto, pela nuca, pelas costas e ensopa a camisola de algodão, toda amarrotada e suja de poeira. Amparando-se na cama, consegue ficar de pé. Mas não chora. Lábios apertados, olhos abertos a ponto de quase saltar das órbitas, seu rosto é uma máscara.

O homem está a poucos metros dela, na porta do quarto, só uma silhueta recortada contra a luz mortiça do corredor, mas ela o reconhece de imediato. A magreza, as pernas arqueadas, o chapéu em meia-lua, os cabelos sebosos e desgrenhados descendo até o pescoço. Atravessado no peito, o Parabellum e a carreira de balas que, mesmo no lusco-fusco, brilham. Mas há ainda outra coisa que cintila no escuro — os vidros redondos dos óculos dele. E, no segundo que antecede a explosão do acontecimento, a menina ainda pensa: Lampião usa um par de óculos igual ao seu.

Angélica abre a janela e olha o fiapo de mar que consegue ver dali, por cima dos telhados. O dia mal amanheceu, mas o trem sai cedo. Hora de fechar a mala. A irmãzinha ainda está dormindo, os meninos talvez também. Angélica já tem tudo pronto, ansiosa que está pela viagem, pela chegada, pela beleza do mar, não aquele mar que é seu vizinho desde sempre, mas o que lhe dá uma sensação única, a de mergulhar no ponto de fusão de águas doces e salgadas, na barra do Itariri.

— Vamos, Lyginha, deixe de ser preguiçosa, menina.

Lygia se remexe e enfia o rosto no travesseiro.

— Hum...

— O trem não espera. Vamos.

— Hum...

— Pense no bom que vai ser a viagem.

A menina ergue um pouco o rosto, olhos quase fechados.

— Trem me dá sono.

— Mas não pense no trem. Pense no mar. E no rio.

A pequena esfrega os olhos. Senta-se na cama e sorri para Angélica.

— O rio é bom.

— Então, vamos.

Quando entram na sala, dona Guiomar já vai terminando

de dar o mingau para o menorzinho. O outro irmão, todo arrumado e orgulhoso, está sentado em cima da mala de couro.

— Já não era sem tempo. Vocês são sempre as últimas.
— Eu tava com muito sono, minha mãe — diz Lyginha.
— Dorme no trem.

Enquanto toma seu café, amassando o aipim e espalhando por cima os cristaizinhos de açúcar, Angélica pensa outra vez no Itariri, em suas margens de lama branca, aquela pasta meio oleosa que as pessoas gostam de esfregar nos braços e nas pernas. Iam passar, ela e toda a família, um mês inteiro veraneando em Vila do Conde. O pai, seu Plínio, só ficaria alguns dias, depois voltaria a Salvador para trabalhar. A oficina não podia ficar na mão dos empregados.

Terminado o café, Angélica volta ao quarto e se posta diante do espelho para dar uma última arrumada no cabelo. Olha-se, debruçando-se sobre o tampo da cômoda, para enxergar melhor. Com as mãos, ajeita os seios por cima do vestido. Tem só doze anos, mas já é uma moça. E não é feia. Tem o rosto um pouco fino, é verdade, mas os cabelos castanho-claros, cheios e ondeados, fazem uma bela moldura para os olhos verdes, que compensam qualquer possível falha na aparência. Pena que sejam justamente eles, os olhos, a causa de seu sofrimento. Enxerga mal, muito mal, desde pequena. De longe, não vê senão um borrão, um mundo sem definições, sem linhas, onde as formas parecem se fundir umas nas outras. Não tem jeito mesmo. Abre a gaveta e pega o pequeno estojo de tartaruga. Ajeitando atrás da orelha as hastes de fio de ouro, encaixa os óculos de lentes redondas na ponta do nariz. Suspira. Pelo menos assim seus olhos verdes ficam ainda maiores.

A casa é pequena, só dois quartos e uma sala interligados, sem corredor, uma cozinha boa e, lá fora, um banheirinho com chão de cimento e estrado de ripas de madeira no lugar onde fica o chuveiro; não bem chuveiro, mas um cano que sai da parede, ao lado de uma alavanca, na qual é preciso bater com um pau para fazer a água jorrar. Tudo muito rústico. Mas para Angélica é o paraíso.

Torna a olhar em volta, encostada ao batente da porta. O chão da sala é de cimento vermelho, as paredes caiadas de branco, o teto é de telha-vã. As camas têm cortinados, por causa das muriçocas. Há no ar um cheiro de mofo, tinta e cimento fresco, tudo misturado. A família de quem alugam a casa, e que mora ali perto, deve ter feito uma pequena reforma para o verão. São caprichosos, dona Enedina e os dois filhos. O marido já morreu, chamava-se seu João. Angélica não o conheceu, embora venha veranear em Vila do Conde desde pequena.

A menina deixa o chinelo junto ao batente e atravessa o pequeno alpendre, descendo para o terreiro em frente da casa. O chão é de uma terra branca, quase areia, com uma vegetação rala e uns canteiros cercados de pedrinhas caiadas. Neles, há folhagens cujo nome Angélica desconhece e umas flores coloridas que sua mãe chama de chapéu-de-couro, embora não se pareçam em nada com couro nem com chapéu. A viagem de trem foi cansativa, e depois ainda enfrentaram a poeira da estradinha até a praia. A mãe, o pai e os três irmãos menores estão na cozinha, fazendo um lanche. Angélica disse que não tinha fome. Está ansiosa demais para ir até a areia, lá na frente, onde o rio deságua no mar.

Caminha olhando o chão, pisando com cuidado, pois o capim ralo que brota da areia tem espigões, que machucam como espinhos. Mas logo ao se aproximar do mar, a vegetação desaparece e os pés da menina afundam na areia fofa, cada passo uma pegada. De tempos em tempos, ela para e se vira para trás, observando as marcas que deixou. Nesse trecho de praia a areia está quase intocada, há poucas casas por perto. Depois de uma duna, que se alteia à direita, Angélica vê as águas do rio, cor de ferrugem. Como a maré está baixa, as duas águas, a azul, do mar, e a cobreada, do rio, estão por ora separadas. Mais tarde se encontrarão.

Anda até a margem do rio e pisa na lama branca que bordeia a água parada. Sente um prazer físico nisso, um prazer raro, que vem de muito longe, de um tempo em que ainda não frequentava esse recanto sozinha, mas sempre acompanhada dos mais velhos. Ergue um pouco o vestido de algodão azul-claro, para não correr o risco de molhar a barra. Vestido que foi, como toda a roupa que veste, costurado pela mãe, dona Guiomar.

Guiomar é uma mulher severa, às vezes quase cruel. Angélica se sente exasperada por seu excesso de zelo, de vigilância. Mas tem de admitir que ela é o esteio da família, uma mulher forte. Seu pai, não — seu pai é o oposto, cordato, silencioso. Um homem bom. Parece sempre sozinho, apartado do mundo. Ouve mal, o que talvez explique seu isolamento. É Guiomar quem cuida de tudo em casa, toma todas as decisões e providências. Suas habilidades deixam a menina perplexa, e a melhor delas é costurar. Faz as roupas de toda a família, até as camisas do marido.

Certa noite, Angélica acordou e ouviu o rumor abafado da máquina de costura. A mãe botava um saco de aninhagem sob os pés da máquina, para fazer menos barulho. Costurava sempre de madrugada, porque durante o dia tinha todos os outros serviços domésticos para fazer. E ali estava ela, debruçada sobre a velha Singer, pressionando o pedal, o rosto quase tocando aquele mecanismo que sobe e desce, com a agulha na ponta. De repente, o susto. A mãe sufoca um grito. Angélica tapa a boca com a mão, mas não faz nada, continua espiando calada. É que a mãe se distraiu e, ao empurrar o pano, esqueceu de tirar o dedo. A agulha, rápida como uma serpente, pregou o dedo dela no pano, atravessando a unha. O tecido se tinge de vermelho. Mas dona

Guiomar se controla e tem o sangue-frio de girar a roda para trás, desencravando lentamente a agulha do próprio dedo, *para descosturá-lo*. A menina morde a mão. Sua mãe é uma mulher dura.

A mão seca, de dedos como gravetos da caatinga, segura o cabo da arma e puxa, em um único movimento, que produz um chiado. A lâmina surge, imensa, mais parecendo pertencer a um sabre do que a um punhal. Há pouca luz aqui, é madrugada ainda, mas a prata traz um novo brilho à noite. E há também a cintilação dos olhos, muitos olhos, um colar de olhos abertos formando o círculo em torno da vítima, que não se move. Nela, não há mais olhos, apenas uma pasta de sangue viscosa e escura que desce pelo rosto. Mas ainda há trabalho a fazer, um trabalho lento, delicado, operado com minúcia: a introdução da lâmina no vão acima da clavícula, em diagonal, para que o sangue da vítima se esvaia devagar, bem devagar, quase uma carícia. *Matar é uma arte.*

Angélica está sentada na margem, com as pernas enfiadas na lama até as coxas. Ali o rio é bem raso, e os três irmãos, Lyginha, Plinito e Lulu, se esbaldam na água, enquanto dona Guiomar está sentada em um banquinho de lona, armado em um pequeno promontório. De lá, ela observa tudo. O pai, seu Plínio, está na cidade, onde vai ficar por mais uns dias. Angélica, assim como os irmãos, veste um traje de banho feito de algodão estampado, costurado pela mãe. É muito diferente dos maiôs das artistas de cinema que a menina vê nas revistas, mas é o que foi possível fazer. Não tem importância.

Sente a maciez da lama branca contra a pele das coxas, que esfrega com ambas as mãos. Quase pode sentir o olhar da mãe cravado em suas costas. Vira-se e olha dona Guiomar, sentada lá no promontório. Para seus olhos míopes, a mãe é quase um borrão. Angélica sorri, mas tem a impressão de que a mãe não sorriu de volta. *É como se ela soubesse.* Nem quer pensar no que seria se a mãe descobrisse o que tinha acontecido outro dia no coqueiral.

Era de manhã bem cedo, e a menina tinha ido até a pequena horta que ficava entre a casa onde estavam hospedados e a casinha de dona Enedina. Os três irmãos menores ainda dormiam. Tinha ido pegar uma ruma de coentro para dona Guiomar, que já estava cozinhando o almoço. A horta ficava atrás de um coqueiral, junto a um cercado onde dona Enedina criava galinhas.

A menina caminhou entre as leiras, procurando o canteiro de coentro. A horta era caótica, com as ervas misturadas, salsa, cebolinha, couve, chicória, uns pés muito murchos de alface e uma pequena armação de pau por onde subia uma rama de tomates minúsculos. Achou o coentro. Sabia bem a diferença da salsa para o coentro, uma diferença sutil no formato das folhas, mas inequívoca quanto ao cheiro. Arrancou vários talos, juntando na mão o buquê, do qual emanava aquele odor forte, que algumas pessoas associam a sabonete. Adorava coentro. Criada desde pequena comendo os pratos da culinária baiana preparados pela mãe, tinha na erva um de seus temperos prediletos. Muitas vezes ajudava dona Guiomar na cozinha, fazendo trabalhos menores, como cortar cebola, tirar as pontas dos quiabos, ralar coco, picar o coentro. Inspirou mais uma vez, com o nariz enfiado no buquê. Delícia. E nesse instante avistou o rapaz.

Era o filho mais velho de dona Enedina, alto, moreno e musculoso, que devia ter uns dezoito, talvez vinte anos. Angélica não se lembrava de ter trocado mais do que duas ou três palavras com ele. Ao contrário de dona Enedina, o rapaz, que Angélica sabia se chamar Osmar, era muito sisudo, vivia calado. Mas agora Osmar tinha os olhos fixos nela com uma intensidade incomum, como se estivesse prestes a dizer alguma coisa. Angélica não pôde deixar de sorrir. Aproximou-se.

— Dia.
— Bom dia.

Driblando o silêncio constrangedor, Osmar se afastou um pouco, abrindo lugar para a menina na tábua onde estava sentado, um banco tosco, no meio do coqueiral. Angélica sentou-se.

— Eu estava na horta. Fui pegar coentro.

Novo silêncio.

— Tão dizendo que eles tá vindo — disse Osmar afinal, com o olhar perdido lá na frente. Angélica sentiu um estremecimento, sem entender por quê.

— Eles quem?
— O bando de Lampião. Tá descendo de Sergipe. Se num desviá, vem pra cá.
— Não vem nada. Meu pai disse que isso é sempre conversa, que agora eles só ficam lá no sertão mais fundo, pras bandas de Jeremoabo, Uauá. E meu pai sabe das coisas.
— Seu pai tá na cidade. Ele é homi de lá. Num sabe nada do que acontece aqui.

Angélica se levantou.

— Sabe, sim! Ele não é um tabaréu, não!

E saiu andando. Sentia-se furiosa com a conversa do rapaz, metido a sabido. E ainda por cima desprezando o conhecimento de seu pai.

Já estava uns passos à frente, quando sentiu a mão áspera do rapaz em seu braço.

— Se eles vié, vão levá você.

A menina arrancou o braço, com raiva, soltando-se.

— Cruz credo!

Mas o rapaz a agarrou de novo. E voltou a falar no mesmo tom.

— Eles gosta de menina moça, com as carne macia.

E antes que Angélica tivesse tempo de retorquir, ele a enlaçou pela cintura.

— Carne macia — repetiu.

Angélica saiu correndo, os olhos arregalados, o coração batendo com tanta força que se sentia sufocar. Correu e correu. Não olhou para trás. Mas, quando chegou à porta da cozinha, ainda tinha na cintura o calor daquela mão áspera, como um selo.

Agora, olhava as próprias mãos, ainda sujas de lama branca. A mãe não podia saber, nunca, nunca. Senão, seria o fim do veraneio. Nem queria pensar. Não ia falar nada.

Nada.

Fica de pé, descolando-se da lama. O gesto provoca um som de boca chupada. E a menina mergulha de barriga na água rasa à sua frente, que se tinge de branco.

O chão de areia vermelha é ladeado por uma vegetação que parece morta, um emaranhado de gravetos, por entre os quais surgem mandacarus, facheiros, xiquexiques, os cactos e arbustos que sobrevivem na aridez da caatinga. Tudo aqui é aspereza. E silêncio também — mas só por enquanto. Logo, passos furtivos, muito mansos, interrompem a quietude, remexendo a poeira do chão. Passos dados por pés tão empoeirados que são quase da mesma cor da terra. Mas, se observarmos bem, veremos algum capricho sob essa poeira avermelhada: alpercatas de couro, mas que não deixam à mostra os dedos, cobertos por meias que um dia talvez tenham sido azuis. Os tornozelos tampouco podem ser vistos, protegidos que estão por perneiras de couro, compactas como escudos, defesa contra os espinheiros que dominam a vegetação. E agora, como em um recuo de câmera, nossa visão se amplia, cobre um trecho maior do caminho. E então vemos que esses pés não são os únicos que caminham aqui. Atrás deles, vêm outros, muitos outros. Um bando inteiro.

Dias depois, quando seu pai chegou de Salvador para o fim de semana na casa de praia, Angélica lhe pediu que falasse sobre Lampião. Seu Plínio era um homem quieto, de poucas palavras, mas sabia contar uma história. Os dois, pai e filha, estavam sentados em cadeiras de lona no alpendre, enquanto os irmãos menores brincavam no terreiro diante da casa. Dona Guiomar, na cozinha. Angélica achou bom que fosse assim. Não gostaria de assustar os meninos com as histórias do bando nem queria que a mãe ouvisse, para que não indagasse de onde surgira, na menina, a curiosidade sobre o cangaço. Dona Guiomar farejava tudo.

— Se você está me perguntando por causa de algum receio, não precisa ter — começou seu Plínio. — Os cangaceiros andam por outras bandas, nunca vêm aqui para o litoral.

— É, o senhor já tinha me dito isso.

— Agora, vou lhe dizer: é mesmo verdade que eles têm andado pela Bahia.

— É? — Angélica sente o coração mudar de ritmo.

— É, sim. Dizem que a repressão ao bando de Lampião estava muito grande em Pernambuco, Alagoas e Sergipe. Por causa disso, eles começaram a descer. Mas ficam mesmo lá pra dentro, no sertão abaixo da divisa do São Francisco. Eu acompanho, minha filha. Presto atenção nos movimentos. Sempre sai notícia no jornal. Jeremoabo, Minuim, Paripiranga, Dores, Cipó de Leite. De vez em quando aparece o nome de uma cidade por onde eles passaram, em geral nem na cidade mesmo, mas nas cercanias, nas fazendas em volta. Eles fazem muita desgraça, meu bem, melhor nem falar disso.

— Eu entendo, meu pai.

Silêncio. A menina e o pai ficam por um instante observando o terreiro e, mais adiante, o rio. Há entre eles um entendimento raro, uma cumplicidade. Angélica sempre achou que parecem mais amigos do que pai e filha. E nunca teve dúvida de que gosta mais do pai que de dona Guiomar. O silêncio se estende, parece tocar a paisagem à frente deles, esbranquiçada pelo sol que, mesmo a essa hora, já se derrama inclemente. *A lama branca. O abraço.*

— Mas eu queria que o senhor me contasse como tudo começou. A história do bando de Lampião — diz a menina, afinal.

— Ninguém sabe direito. Dizem que ele trabalhou para o Padre Cícero. Depois é que se virou pra banda do mal. Faz mais de dez anos que ele anda por aí, com muitos capangas, parece que são mais de quarenta. E o bando é acobertado por muita gente, por fazendeiros e até políticos. Fazem isso por interesse ou por medo mesmo, porque Lampião, disto você não tenha dúvida, Angélica, é capaz de tudo quando é contrariado.

A menina se mexe na cadeira de lona.

— E é verdade essa história de que eles levam as meninas com eles?

Seu Plínio se levanta de repente. O gesto é tão brusco que a cadeira de lona se dobra, como se quisesse continuar colada ao corpo dele.

— Acho que ouvi sua mãe me chamar.

E já da porta, antes de entrar:

— Tire essas coisas da cabeça, minha filha. Não tem por que se preocupar.

Primeiro, vemos apenas um olho. É o direito, o olho cego, coberto por um pedaço de algodão, que se espreme entre a pálpebra e o vidro dos óculos. Depois, nossa própria lente se abre mais, e agora vemos o olho esquerdo, este, sim, brilhante e vivo. Não sabemos o que ele observa, ainda que se possa dizer que há ali satisfação. Mas, antes que possamos virar nossa câmera e ver também o que ele vê, vamos ampliar o campo de observação do dono do olho.

Seu rosto é fino, escaveirado, com uma pele morena muito lisa, como couro esticado, no qual a boca se espreme entre o nariz comprido e o queixo curto. O cabelo tem anéis que recobrem as orelhas em cachos oleosos, pesados de brilhantina. No alto da cabeça está o chapéu de couro em forma de meia-lua, com as estrelas de oito pontas, os bordados e as moedas de ouro incrustadas. E, em torno do pescoço, ele traz a jabiraca, o lenço vermelho que é sua marca. Mais abaixo, cruzando o peito junto com o pente de balas, sobre a camisa de mescla azul, está o fuzil, cuja coronha, assim como o chapéu, também é incrustada de moedas de ouro. A calça cáqui deixa entrever o formato das pernas muito finas e arqueadas, o que é disfarçado pelas perneiras de couro. As mãos que repousam sobre o fuzil trazem, em todos os dedos, anéis de ouro e pedrarias.

Voltemos agora ao olho esquerdo — aquele que vê. Vamos seguir a direção desse olhar e ver o que se passa aqui. É um espetáculo tão inesperado, que à primeira vista parece o cenário de um sonho, ou melhor, de um pesadelo.

O lugar é uma espécie de galpão, ou talvez casa paroquial, o salão de um clube modesto de uma cidade de interior. O chão é de um cimento fino, empoeirado, mais parece terra batida, as paredes são caiadas e o pé-direito não muito alto, de telha-vã, traz no centro, pendurado, um lampião aceso. Há apliques toscos nas paredes também e, embora seja noite, há bastante luz no centro do recinto, onde se dá uma reunião social. Sobre um tablado, há uma pequena orquestra, quatro ou cinco músicos, não podemos ver bem, protegidos que estão pela penumbra que envolve aquele canto do salão. Estão tocando. A música é indistinta, tocada com muita insegurança, um dobrado militar que às vezes parece desandar para uma valsa, como se os músicos estivessem em dúvida sobre o que executar. E, de tempos em tempos, um dos instrumentos, uma rabeca talvez, solta uivos altos, como se desafinasse ou gritasse.

Homens e mulheres, adultos de todas as idades, alguns já de cabelos brancos e dos mais variados tipos físicos, altos e baixos, magros e gordos, estão no centro da sala, no que teria sido designado como pista de dança. Mas não dançam propriamente, arrastam-se em passos canhestros, desregulados. Abraçados em pares, estão todos muito pálidos, parecem quase mortos já. E algumas mulheres, enquanto dançam, choram. O detalhe que nos remete de imediato a um pesadelo é límpido, incontornável: estão todos nus.

Isso constatado, nossa câmera, como se esbofeteada por essa visão, se recolhe em um zoom agônico, tornando a fechar suas lentes sobre o único olho são daquele rosto que observa a cena. Ele sorri.

Angélica bate com os nós dos dedos na madeira e espera. A parte de cima da porta, que é dividida em duas, horizontalmente, se abre quase no mesmo instante. O rosto de dona Enedina aparece. É um rosto largo, muito moreno, cheio de rugas em torno dos olhos, principalmente quando ela sorri, como agora.

— Bom dia, menina Angélica.

— Bom dia, dona Enedina.

— Veio pegá verdura? — A mulher olha para a cesta de palha na mão de Angélica.

— Vim pegar pimentão. Mamãe hoje vai fazer moqueca com aquele peixe que a senhora trouxe da vila.

— Pode ficar à vontade, viu? Pega o que quiser, não precisa pedir.

Abre a parte de baixo da porta.

— A senhorinha qué entrar?

— Não, obrigada. Só passei mesmo para dizer bom-dia.

Dona Enedina amplia o sorriso. Nesse instante, Angélica vê o brilho de um par de olhos, atrás da mulher, no escuro da sala. Os olhos se aproximam — não é quem ela pensou. É o irmão menor, Oscar, um menino franzino que parece ter no máximo doze anos, embora seja só um pouco mais novo do que Osmar. Sem sair de trás da mãe, o garoto fica espiando Angélica. Ela faz um cumprimento com a cabeça. Depois, torna a dar bom-dia aos dois e se afasta em direção à horta. Não admite, nem em pensamento, que passou na casa vizinha para ver se encontrava o rapaz mais velho. Vai até a leira dos pimentões e cata os quatro maiores que encontra, passando a mão na casca lisa e verde.

Quando Angélica volta à cozinha, dona Guiomar já está com a frigideira pronta, em cima do fogão de lenha. É uma frigideira grande de ferro, muito maior do que um prato, com alça também de ferro, que dona Guiomar segura com a ajuda de um pano quando está quente. Dentro da frigideira já estão acomodadas as seis postas de peixe, com o nó da espinha no meio e a carne rosada que a pele cor de prata contorna. O peixe foi arrumado em um caldo feito com camarão seco moído misturado ao leite de coco, que Angélica viu a mãe espremer mais cedo, em um guardanapo. Os temperos todos já estão por cima, tomate, cebola, salsa, cebolinha, coentro — à espera dos pimentões. A pimenta vermelha e o dendê, dona Guiomar só põe quando o peixe já está cozido.

Angélica senta-se em um banco e fica observando enquanto a mãe lava e corta os pimentões em rodelas, depois de tirar as sementes. Ela arruma os anéis verdes em cima das postas e põe

a frigideira na boca do fogo, tampando-a. Só então, vira-se para a menina:
— Quer ajudar?
— Quero.
— Você pode cortar a pimenta. Em pedaços bem pequenininhos. Mas não vá botar a mão no olho, ouviu?
— Sim, senhora. Pode deixar.
Angélica escolhe, de um pote, os seis grãos de pimenta mais vermelhos que consegue encontrar. Põe todos sobre a tábua de madeira perto do fogão e pega uma faca. Tira os cabinhos e começa cortar as pimentas, uma a uma, em rodelinhas, tomando cuidado para não extrair as sementes. Dona Guiomar já lhe ensinou que são as sementes que mais fazem arder, e é assim que seu Plínio gosta da moqueca, bem ardida. O prato está sendo preparado especialmente para ele, que à tarde vai chegar da cidade.

Angélica olha o punhado de pimentas vermelhas cortadas na tábua e tem a impressão de que o ardor emana das pequenas frutas e entra por suas narinas. Talvez seja só impressão, mas seus olhos ardem. Falta apenas uma, a última, para ser cortada. Nesse instante, dona Guiomar se debruça sobre o fogão e destampa a frigideira, para olhar a moqueca. E Angélica, sem que a mãe perceba, leva a pimenta inteira à boca. Morde. Sente o inferno se espalhar de forma instantânea pelo céu da boca. *Carne macia.*

Aquele pedaço de carne vermelha no chão de terra, que o rapaz olha agora — o que será? O que terá acontecido enquanto ele estava fora? O velho, seu patrão, está no chão, amarrado ainda ao portão do curral, as pernas abertas, os braços jogados ao lado do corpo, a cabeça pendendo sobre o peito, imóvel. Mas respira, ainda vive. É todo ele uma pasta de sangue e terra, de um ocre que em alguns pontos se avermelha e escurece, mas há também as manchas de concentração maior em que a pasta se faz enegrecida, quase preta mesmo. O empregado olha e não tem coragem de chegar perto, erguer o rosto, tentar ajudar, como se alguma ajuda ainda fosse possível. Seu corpo estremece em ondas de arrepio, os dentes batendo, todo ele tomado pela certeza de que estaria assim, igual ao velho, igual ao patrão, se estivesse ali apenas alguns minutos antes, meia hora, uma hora, se não tivesse ido ao vilarejo comprar provisões. Não sabe o que aconteceu, mas pode imaginar. Seu Salinas era coiteiro dos jagunços, ajudava o bando, ele sabia. Mas alguma coisa tinha saído ao contrário de como devia ser, de como os homens de Lampião queriam, de como o comandante queria. Alguma coisa havia sido ventilada, indo parar nos ouvidos do chefe de polícia, na cidade, alguma coisa. Algum erro. O velho tinha falado o que não devia. E os olhos do rapaz, arregalados, se fixam outra vez no pedaço de carne no chão, todo sujo de terra. E então compreende: é a língua.

Angélica abre os olhos no escuro, sufocando um grito. Fica imóvel, esperando que a respiração volte ao normal. Nas camas enfileiradas, os três irmãos menores estão quietos. Ela teme pelos ruídos que possa ter feito enquanto dormia — enquanto caminhava pelo território inóspito em que se fabricam os sonhos, os quais, naquelas últimas noites, vêm sendo feitos de uma matéria híbrida, formada de prazer e horror. É a quarta vez que acontece. Sonhos, ou pesadelos, muito semelhantes entre si, com pequenas variações. Mas esse de agora foi o pior de todos, o mais nítido.

Começava na beira do rio. Na lama. Não a lama branca, medicinal, a pasta brilhante que aqui em Vila do Conde todos passam no corpo antes de mergulhar. Não. A lama do sonho era escura e brilhava, mas com um cintilar diferente, como se em sua massa houvesse ínfimos pedaços de metal. A menina, sozinha na beira do rio, não usava o maiô de algodão feito pela mãe. Estava nua.

    Deitada de costas, o corpo quase encoberto pela pasta escura, ela olhava para o céu. Era noite. A abóbada celeste estava tomada por estrelas, mais estrelas do que ela jamais vira. Havia alguma conexão entre os corpos celestes que cintilavam lá em cima e os pequenos pontos metálicos que reluziam na lama à sua volta. E essa ligação a intrigava. Abria e fechava os olhos repetidas vezes e, sempre que seu olhar se fixava no céu, tinha a impressão de que estava no alto e as estrelas embaixo. A inversão lhe parecia natural e possível, talvez explicada pela força de sucção da lama, que a mantinha pregada à crosta da terra. Ainda assim, a vertigem lhe dava pequenos sustos cada vez que abria os olhos. Decidiu, então, permanecer com eles fechados por um tempo. Seria mais seguro.

    A lama fria às suas costas, abraçando-a por trás, era um contato macio. Concentrou-se na sensação. Aos poucos, começou a perceber que a frieza da pasta caminhava sobre seu corpo, envolvendo-a mais, subindo para o meio das coxas. Como, se estava deitada de costas? Mas, sim, pensou, a inversão permitia isso. A lama escorria *para baixo*, em direção às estrelas.

    Logo a carícia da pasta foi tomando a parte frontal de suas coxas, em um movimento ritmado. Agora a menina sorria, entendendo. Não era a força da gravidade às avessas que fazia aquilo, não era a lama. Era a mão *dele*. O rapaz a descobrira ali, deitada, era isso. Viera sem fazer barulho, para não assustá-la, e agora acariciava sua coxa, bem devagar, espalhando nela a pasta escura.

    A menina decidiu ficar quieta, fingindo que dormia. Queria

saber até onde o rapaz atrevido ia chegar. Logo a mão começou a se movimentar sobre a outra coxa, sobre as duas, simultaneamente, subindo e descendo, espalhando a lama do joelho à virilha. E, pouco a pouco, a pasta fria se converteu em calor. Mais do que calor, fogo, um fogo semelhante ao que ela sentira um dia no céu da boca, ao morder uma pimenta. A lembrança, por alguma razão, a sobressaltou. E ela cometeu o erro de abrir os olhos.

Ali estava, a poucos metros de seu rosto, uma cara maléfica, escaveirada, de sorriso aberto, que logo explodiu em gargalhada, em muitas gargalhadas, em tantos sons reverberados que era como se não fosse um só, mas muitos. *E eram mesmo.* Gelada de pavor, viu que as gargalhadas de escárnio vinham de muitos homens, dezenas deles, cujas silhuetas agora divisava. Estavam em torno dela, aglomerados. A menina podia sentir, instantaneamente, a respiração deles, acelerada, excitada, cheia de ódio e desejo, se fechando sobre ela.

Foi quando Angélica acordou, sufocando o grito.

Os dois jagunços se ajeitam, acocorados, junto ao portão do cemitério. O resto do bando está a caminho, mas eles tinham sido destacados para vir com o capitão, que quer cumprir uma obrigação. Eles só têm de ficar ali, de vigia. É uma noite escura, sem lua ou estrelas, de céu pesado de nuvens, coisa rara no sertão. Além do muro caiado de branco, quase não dá para enxergar nada. Os cabras estão quietos, calados, nem fumar fumam. Melhor não, a brasa pode chamar a atenção de algum morador das redondezas. Os dois jagunços não sabem o que o capitão Virgulino foi fazer ali no cemitério, o que eles sabem é que devem obedecer e vigiar — mais nada.

Um deles, o mais novo, que entrou no bando há pouco tempo, fica mexendo na areia do chão com um pauzinho. De repente, ouve o piar de um pássaro noturno. Sente um arrepio. Dizem que o capitão fez um pacto com o demo, com o coisa-ruim, por isso tem o corpo fechado. Nele as balas não pegam, passam zunindo e erram. Talvez tenha sido isso que ele foi fazer no campo-santo, fazer alguma oferenda para os espíritos trevosos, quem sabe? Ou não, talvez seja tudo exagero e mentira. Porque a verdade é que o capitão é devoto do Padim Padre Cícero, e dizem até que chorou quando o velho morreu no ano passado. Era o protetor dele na terra, agora é no céu, é o que falam. Seja como for, o homem tem mesmo um poder. Conhece os ventos, a chuva, as estrelas, sabe reconhecer todos os sons da caatinga. É um iluminado. Anda com aquela colherinha de prata para provar a comida e ver se tem veneno, é verdade, mas também é verdade que, na única vez em que tentaram envenená-lo, ele percebeu antes, intuiu, e nem precisou da colher. O pobre do cabra que era o traidor morreu com as partes enfiadas na boca, sufocando aos pouquinhos. Ele não estava no bando, ainda, não viu nada disso. Mas lhe contaram.

O rapaz torna a olhar para cima. As nuvens se esgarçaram um pouco, agora dá para ver um punhado de estrelas. Tomara que o capitão volte logo e eles possam sair dali. Não tem graça nenhuma ficar à noite em porta de cemitério. Além do mais, ele está louco para começar a agir, é disso que gosta. Dali, do cemitério, vão entrar na cidade e fazer a limpa. Mas antes já sabem o que é preciso ser feito: cortar os fios do telégrafo. Assim ninguém em Esplanada vai poder pedir socorro.

— Diz que tão pra chegá, dona Guiomar! Estou apavorada!
— Seu Plínio me garantiu que tudo isso é boato.
— Deus queira que sim, mas o que se diz no Conde é que eles já tão em Esplanada! Valha-me Deus e Nossa Senhora, não

sei o que há de ser de mim, de nós tudo. Hoje lá em casa ninguém dorme. E a senhora, como é que a senhora vai fazer?

— Fale baixo, dona Enedina, que assim a senhora assusta as crianças!

— Mas é pra assustá mesmo! A senhora não vê que...

— Não vejo nada. E a senhora, por favor, se componha! Eu agora vou entrar. Vou dormir com meus filhos, com a maior tranquilidade, e a senhora vai ver que não vai acontecer nada. Esse bando não tem nada o que procurar aqui nessa região. Na semana passada, disseram a mesma coisa, que eles estavam vindo. Seu Plínio me assegurou que não existe nada a temer. É tudo boato. Eles nunca vêm para o litoral.

— Será mesmo? Eu bem queria acreditar que...

— Claro que é. A senhora acha que, se houvesse um pingo de verdade nessa história, meu marido não ia largar tudo o que está fazendo na cidade e vir correndo para nos tirar daqui?

— Deus queira que a senhora e o senhor seu marido estejam certos. Porque eu, que nem marido tenho, sozinha com meus filhos, só o que me resta é rezar.

— Isso mesmo, reze. Reze que eu vou rezar também. Rezar nunca fez mal a ninguém.

Dona Guiomar se posta diante do nicho escavado na parede caiada, com a imagem de Nossa Senhora da Conceição iluminada por uma vela dentro de um copo vermelho. Ela própria trouxe a imagem consigo da Bahia. Sente-se serena ali, diante da santa. Reza baixinho, ave-marias e pai-nossos encadeados, não como no terço, e sim ao contrário, mais pais-nossos do que ave-marias, porque essa reza, embora remeta à santa, é uma reza que termina em morte. Não quer pronunciar muito essa palavra, nem mentalmente. Reforçaria seus temores, o medo que traz escondido lá no fundo depois da conversa com dona Enedina. Angélica deve ter ouvido, a mãe tem certeza. Percebe isso pela expressão tensa da menina, embora veja que ela, também, procura se controlar para não assustar os menores.

Depois de muito rezar, dona Guiomar diz para os filhos que está na hora de irem se deitar. Os três pequenos, Lyginha, Plinito e Lulu, pedem à mãe para dormir com ela. Dona Guiomar não costuma permitir, mas nessa noite vai abrir uma exceção. Concorda. As crianças comemoram, rindo. Antes que a mãe lhe pergunte alguma coisa, Angélica vai logo dizendo:

— Bom, pelo menos uma vez na vida vou ter um quarto só para mim.

Dona Guiomar olha para ela bem séria.

— Se você quiser, pode vir dormir comigo também. Arrumamos mais umas colchas no chão e...

— Não, minha mãe. Obrigada. Pode ficar tranquila.

— Qualquer coisa, me chame.

— Está bem.

Angélica entra no quarto e vai até a pequena cômoda, encostada à parede, sobre a qual há um espelhinho oval. À luz do lampião, vê a própria imagem no espelho. Os cabelos quase louros, encaracolados, descem pelos ombros. Mal enxerga o verde dos olhos por trás das lentes dos óculos, cuja haste, em mola, pressiona os ossinhos atrás da orelha. Detesta esses óculos. Seria muito mais feliz sem eles. Tenta sorrir, mas não consegue. Continua se olhando. Passa a mão pelo colo de pele clara, quase escondido sob o vestido de algodão. Depois repete o gesto feito em casa, no dia da partida, alisando os seios com as mãos, sentindo seu volume. *Carne macia.*

E se eles vierem? Se for mesmo verdade que estão perto? Ouviu a conversa da mãe com dona Enedina e, apesar de confiar muito na palavra do pai, sente um arrepio ao pensar que aqueles boatos podem ter um fundo de verdade. *O sonho.* Prazer e horror. Será possível que esses pesadelos que tem tido sejam uma premonição? Sua mãe detesta essas coisas, essas crendices, não admite qualquer tipo de superstição. A menina não contou nada para ela, nada, nem poderia pensar em fazer isso.

Volta-se, olha a cama coberta com a colcha de retalhos. Ao contrário das três camas de campanha onde dormem os pequenos, a que foi reservada para Angélica é maior, com pés de madeira. Fica separada das camas menores por uma mesinha de cabeceira com uma gaveta. Angélica vai se deitar, tentar dormir. Não deve ficar pensando bobagens.

Aproxima-se do lampião sobre a cômoda. Gira o botão que libera o querosene e vê a manga do candeeiro ir perdendo incandescência, a luz branca se arroxeando, murchando até se extinguir. O quarto fica escuro, mas não completamente. A luzinha avermelhada que emana da vela, no nicho onde fica a santa, ainda ilumina o corredor. Angélica veste a camisola de algodão e anda até a cama. Abre a gaveta da mesinha de cabeceira para guardar os óculos, mas por alguma razão não o faz. Recosta-se na cabeceira da cama e começa a pensar nos braços musculosos de Osmar. Sem querer, acaba adormecendo.

O despertar foi imediato, como o dos gatos. Não houve passagem do sono para a vigília. Em um segundo, já era o alerta absoluto. Angélica pensou ter ouvido um grito, mas talvez tivesse sonhado. Ou talvez fosse o grito dela própria, desvencilhando-se de um pesadelo, como já acontecera.

Espera.

Logo vê alguma coisa. Entende que foi despertada não por um som, mas por uma imagem. Uma forma, uma sombra, algo que se forma na parede do corredor, recortado pela luz vermelha da santa. A silhueta distorcida é como a de um gigante.

A menina fica imóvel, como que hipnotizada. Não pensa na mãe, nos irmãos, em nada. Seu cérebro amortecido pelo terror não chega a fazer uma associação entre a sombra projetada no vermelho da parede e os rumores que ouviu na véspera, sobre a possível chegada do bando de Lampião a Vila do Conde. Naquele momento, ela é um bicho, um animal assustado que precisa, se for impossível correr, ao menos se encolher até desaparecer da vista do predador que se aproxima. Escorrega pela lateral do colchão e se enfia debaixo da cama. Mal respira, apenas sente a umidade do suor que a inundou de imediato, colando a camisola ao corpo. Ampara-se no piso de cimento. Sente a poeira se misturar ao suor das mãos. Nesse instante seu horror se faz som. Passos.

Só então a realidade do que está acontecendo cai sobre ela de uma vez. *Eles chegaram — era verdade.* O bando de Lampião. Eles entraram na casa, sabe Deus o que fizeram com sua mãe, com seus irmãos pequenos, com dona Enedina, com todos. *Todos.* E a visão de Osmar abraçando-a, acariciando sua pele, talvez real, talvez sonho, se embaralha, a uma velocidade alucinante, com o terror que sente ao imaginar a aproximação dos bandidos. As imagens se sobrepõem e, misturadas às mãos de Osmar, surgem as dela própria, Angélica, passando o sabonete de olhos fechados, como mandavam as freiras do colégio, para que as meninas não vissem o próprio corpo na hora do banho. Ela obedecia, mas *sentia.* Gostava de aproveitar a carícia da espuma.

De alguma forma, aqueles prazeres proibidos lhe parecem a causa de tudo, o núcleo de energia que se movimentou, atraindo o Mal, trazendo Lampião e seus homens para junto dela, Angélica — porque agora não tem mais dúvida de que é ela que os homens procuram. Seu corpo, amadurecido antes do tempo, seus seios de mulher, *seu desejo.* Foi isso que os trouxe até aqui.

É ela a grande culpada que deve ir para o sacrifício. Precisa se deixar imolar para salvar a família. É com fervor doentio que se deixa envolver por essa certeza, e é com esse mesmo ardor que, muito lentamente, começa a se mover. *Com a mão trêmula, a menina ajeita os óculos no nariz e sai do canto escuro, embaixo da cama, onde se escondeu. O suor lhe desce pelo rosto, pela nuca, pelas costas, e ensopa a camisola de algodão, toda amarrotada e suja de poeira. Amparando-se na cama, consegue ficar de pé.*

Move-se como em um sonho, o pior dos pesadelos. E encontra aquilo que esperava — a silhueta do monstro à porta do quarto. A personificação do Mal.

A mão de Angélica se desloca, então, sem que ela perceba o que faz, para ajeitar outra vez os óculos que, com o suor, escorregaram para a ponta do nariz. É nesse segundo que percebe a semelhança, as lentes redondas envoltas pelo aro fino de metal: os óculos de Lampião — iguais aos dela. E é, ainda, nesse mesmo segundo que o cangaceiro mais sanguinário do sertão faz a única coisa que nem a menina, nem ninguém, jamais poderia esperar. Ele sorri.

Quanto tempo se passou? Quantos segundos até que ele dissesse a frase? Quantos?

— Tô vendo seus óculos. Igualzinho aos meu.

Depois veio aquele silêncio imenso, que era como uma mão de ferro apertando a garganta. E aí mais uma frase antes que o homem saísse, fechando a porta:

— Pode ficá sossegada. Ninguém aqui vai mexê com voismecê.

Angélica *não tinha guardado* seus óculos na gaveta da mesa de cabeceira antes de se recostar na cama. E a misteriosa identidade criada com o bandido a salvou. Não fosse por aquele par de óculos, e a menina poderia ter sido morta ou quem sabe levada por Lampião, como Corisco fez um dia com Dadá. E, assim, talvez Angélica estivesse com o bando na grota do Angico, em Sergipe, dali a três anos, naquele 28 de julho de 1938, quando onze bandoleiros foram mortos, entre eles Lampião e Maria Bonita.

Sem o pequeno *não* que a fez adormecer com os óculos, seu futuro se teria bipartido. E Angélica não conheceria o rapaz com quem iria se casar, um jovem de pele morena, cabelos castanhos e lisos, chamado Délio, filho de seu Adolpho e dona Mariá, seus vizinhos na vila em Itapagipe. O casamento de Délio e Angélica também aconteceria em um 28 de julho, só que de 1948, exatos dez anos depois da morte do rei do cangaço. Mas isso, como vocês bem podem imaginar, também já é outra história.

4.

Datas, dados. Números, muitos números, algarismos luminosos piscando. Lia observava o painel, encantada; nunca tinha visto luzes tão brilhantes e bonitas. As verdes eram as que cintilavam mais, mudando o tempo todo, e àquelas luzes mutantes se somavam os sons. Ouvia ao longe um ruído agudo, como uma sirene, muitas sirenes sobrepostas, ou sinos talvez, muitos sinos, indo e vindo, indo e vindo, metal tirando faíscas de metal, chispas voando, cordas extensas sendo puxadas. E esses sons reverberavam dentro dela, tocando as paredes dos canais, raspando as margens, descendo pelos dutos, pulsando junto com o coração, com as tripas, com o sexo.

— Tá viajandona, né?

Lia teve de se concentrar para entender que era alguém falando com ela. A voz parecia vir de muito longe, de algum ponto daquela terra distante onde tocavam sinos.

— Bagulho bateu bacana, hein?

Lia se virou, as engrenagens do pescoço rolando devagar, arruelas e arruelas de metal denteado se encaixando e desencaixando, sem muito óleo, provocando atritos em série. Olhos negros. Era o homem dos olhos escuros. Ou talvez fosse Tito. Tito também tinha olhos escuros, mas não negros, e sim castanhos, com fios cor de mel que, quando se olhava muito de perto, pareciam incandescentes. Olhos cruéis.

— Vi que você tá gostando. Neguinho fica maluco com esse painel. Mas num dorme, não, você tá sendo bacana, mas ainda tem que me ajudar, tamo quase chegando.

Uma voz, apenas uma voz, mas não, talvez fosse também um corpo, matéria de mãos ou tentáculos, qualquer coisa que buscava e tocava. Talvez um peixe gigantesco, todo iluminado de um verde fosforescente, com números nas barbatanas, um peixe de águas geladas, abissais, mas ele próprio um animal de sangue quente, porque aquilo que agora a tocava emanava calor. Aquelas mesmas mãos tinham segurado as suas, um dia, há muito tempo talvez, sobre um teclado que boiava, e se movia como se estivesse, também ele, debaixo d'água. Mas a mão quente a orientava e a voz, a mesma voz, lhe sussurrara coisas, segredos em troca de segredos, tudo o que ela própria sabia daquele mundo submarino, e que queria, precisava revelar. No reino submerso havia matérias das mais diferentes texturas, inclusive as enguias, que se insinuavam e se encostavam, roçando suas costas, sua nuca. Lia dizia coisas, revelava números, suas combinações — que importância tinha isso agora? Só queria mergulhar cada vez mais fundo naquelas águas, levada pelo peixe-homem de olhos escuros, como escuros eram os olhos de... de quem mesmo?

Mas escuros eram os vidros do aquário em que seguia agora, rumo a outros desconhecidos, ainda sem medo algum. Era um sonho talvez, só podia ser um sonho, porque estava em um quarto aonde já fora em suas caminhadas noturnas, um quarto conhecido, de uma casa conhecida, de paredes rústicas, à beira-mar, uma casa de pescador em uma praia deserta onde já estivera muitas vezes. Andava nua e sozinha naquele aposento também nu, mas banhado por uma luz tão brilhante que só podia mesmo existir fora do real. Não havia nada nas paredes, nem tinta nas portas e janelas, apenas aquela luz imensa que inundava tudo, e junto com a luz vinha entrando o barulho distante das ondas e o cheiro de maresia. Ela caminhava pela casa, talvez esperando alguém, mas sem qualquer ansiedade ou pressa, apenas uma mulher despida de tudo, livre de qualquer temor ou desejo.

De repente a porta se abre. Um homem alto, forte, ruivo como um deus nórdico, mas de feições femininas, sorri para ela com doçura. Seus cabelos caem em cachos até os ombros, anéis suaves, como delicada é a natureza de seu sorriso, em contraste com a massa de músculos e seus nós de pedra. De pé, ainda sob o umbral, ele abre os braços para ela, chamando-a para si, e ela vê, sem susto, que as mãos espalmadas, à espera de envolvê-la, são transparentes como barbatanas e têm os dedos unidos por uma membrana.

Tito. Seu nome era Tito, o nome desse deus que era peixe e homem e que a tomava em sua carruagem envolta em tecidos finíssimos que esvoaçavam e ondulavam provocando prismas, suas bolhas de ar rendando a água em furta-cor, como o carro de Hades, mas não levando-a às profundezas da terra, e sim a mares de todas as cores, onde era sempre noite e onde também havia sempre luz.

O deus a envolve em seu abraço. E, no segundo seguinte, ela flutua, passeia pelo ar do quarto, sem peso, movendo-se não como quem voa, mas como quem nada embaixo d'água, roçando as paredes, o teto, passando a ponta dos dedos pela ondulação das telhas, sentindo nos sensores da mão sua textura. O deus de barbatanas é quem comanda seus movimentos pelo ar, deixando-a ir, dando impulsos, trazendo-a de volta, tudo com toques de uma delicadeza surpreendente para um animal de tamanha estatura.

— Tá sonhando, é, mulher?

Outra vez a voz, a voz da terra dos sinos, mas Lia não queria ouvir, queria voltar ao quarto cheio de luz, aos braços do deus-peixe.

— Que qui tu vai fazer com ela, Playboy?
— Fica quieto, mano!
— Deixar morgar, né?
— Aí a gente faz a limpa de vez.

São peixes, muitos peixes. Eles *falam*, têm uma língua própria. Lia sentia sua presença, a movimentação das barbatanas, as longas caudas e nadadeiras feitas de matéria translúcida e macia, gazes, rendas, véus gigantescos que se estendiam como redes e que bordavam o mar com bolhas e espumas. Tentou, com grande esforço, concentrar a atenção e seus sentidos, trazer de volta a cena que fora partida pelas vozes do cardume, mas não conseguiu. Já não flutuava naquele quarto onde o ar era feito água, mas o mundo ainda era líquido, sim, seu corpo estava imerso em um poço salgado, um recanto de mar entre rochas de onde saíam algas marinhas, com suas formas compridas, verdes, cintilantes, como cintilantes foram um dia os números do painel. Quando foi isso?

Estava assim, de olhos fechados, o corpo quase à tona, sentindo a linha d'água lhe acariciar a pele, quando começou a onda de calor. Línguas de fogo subiam por suas pernas e se espalhavam pelo ventre, tomando tudo. Mas era um fogo como nos contos de Borges, que a aqueciam sem queimar, como se ela fosse não uma mulher, mas um ser inventado pela imaginação de algum escritor perverso. Tentou mentalmente, ainda sem abrir os olhos, afastar aquele calor sobrenatural, que era, ela intuía, uma chama que queria conduzi-la de volta ao mundo real, à terra dos homens-homens, não dos peixes abissais, com suas barbatanas iluminadas.

Nessa outra terra havia perigos. Medo, violência, dor. E havia também um homem chamado Tito. O que era para ela esse homem a quem estivera ligada por laços tecidos com uma substância que era amálgama de gozo e sofrimento? Esse pensamento lhe vinha agora com clareza, uma ilha de lucidez em meio ao caos que a rodeava, aos delírios de mar e peixes, como se no coração daquele oceano onírico a figura dele persistisse, íntegra, colossal, adorada, ameaçadora. Ele a dominava. Era alguém com uma vida levada longe dela, à qual Lia não tinha acesso — e ela se submetia a isso. Qual era a fonte daquele poder? Talvez fosse a magia. *Era* a magia. Uma espécie de encantamento a enredara de forma incontornável. Houve uma noite, a primeira noite, dentro do carro, tinham acabado de se conhecer. Ali tudo começou. Era uma situação de perigo, foi esse o primeiro ingrediente da excitação. Madrugada, rua deserta, possíveis flagrantes ou assaltos, ameaças, medo. E obstáculos, muitos obstáculos. O espaço exíguo, a alavanca do câmbio entre os dois, as roupas, tudo eram barreiras entre eles e o gozo, entre eles e o prazer. Mas nada seria capaz de deter Tito. Lia se lembrava de um ruído como o de uma rajada de metralhadora. Era a arruela denteada que regulava a posição do encosto sendo rodada por ele de uma só vez. O banco desabou para trás e de repente Lia estava deitada, com Tito sobre ela. Como ele fez? Ela não sabia, não teve tempo de entender. Então todos os obstáculos tinham sido vencidos e ele a beijava e penetrava de forma quase instantânea, preenchendo-a, corpo e alma, de um modo tão absoluto que, já naquele instante, ela entendeu que estava condenada. Nunca, antes ou depois, um homem a faria gozar com aquela intensidade. Era como se de seu corpo escoasse o mar, um oceano inteiro.

O oceano. Deixava-se flutuar novamente agora, era preciso penetrar no âmago do sonho, porque ali morava o esquecimento. Não podia lembrar ainda. Mas sentia que o momento se aproximava, o instante em que teria de encarar o último gesto do último dia, esse dia que não queria acabar. Era talvez um dia feito também de ondas e de mares, como no sonho, mas Lia ainda precisava, desesperadamente, adiar o momento de voltar a ele, deixando-se envolver pelo delírio. E foi de dentro dessa névoa, com cheiro de sal e maresia, que surgiu — ainda uma vez — uma história do passado.

1948
O fumo de rolo

O mar. É onde estão hoje seus restos, diluídos e entremeados aos micro-organismos que habitam o fundo dos oceanos. Esquecidos, mínimos em sua existência desimportante. Mas foi essa a substância determinante a traçar outra vez desvios, mudando tudo. No princípio eram folhas. Um punhado de folhas brotadas, colhidas, expostas ao sol, retalhadas, maceradas e enroladas em maços, talvez uns amarrados redondos, versão menor daqueles rolos de feno que vemos nos filmes de faroeste. Matéria banal, que hoje nos parece algo muito antigo, cuja própria denominação — fumo de rolo — remete a um tempo de ternos de linho branco, sapatos bicolores, chapéus de palhinha, caixas de rapé, bengalas. Esse navegante do tempo, esse elemento do qual nada restou senão partículas, essa matéria de cheiro adocicado e enjoativo é, assim como a gaze ancestral, a chave da vida, de muitas vidas. Por causa dele, tudo se transformou. O fumo de rolo provocou mais um pequeno não, mais um desvio que permitiu encontros, reencontros, nascimentos, vidas renovadas. E futuros desencontros também, como sempre acontece, nesta estranha engrenagem sobre a qual todos nós, cegos, caminhamos.

Délio ajeita o paletó, parado diante do flamboyant exuberante, com o verde das folhas tomado pelo vermelho-alaranjado das flores. A árvore devia ter décadas. Eram muitos os pés de flamboyant por ali, mas aquele era o que sempre aparecia recortado ao fundo das histórias de sua infância. Aparecia até mesmo na lembrança que ele julgava uma fantasia, e da qual duvidava — o momento em que ouvira pela primeira vez a palavra *revolução*. Tinha cinco anos. Talvez, portanto, não fosse uma lembrança, e sim uma invenção da memória, construída com elementos dos quais só depois viria a saber. É difícil uma criança de apenas cinco anos lembrar-se de alguma coisa assim, de forma tão vívida. Mas Délio guardava uma impressão, um registro. O grito da babá.

Estava brincando no cais da Ribeira, sob o flamboyant. O mar batia manso naquele ponto, sobre pedras limosas, de um verde quase artificial, brilhante. Havia mais crianças além dele, da vizinhança. Itapagipe, naquela época, era como uma cidadezinha de interior, todos se conheciam. As crianças que moravam nos arredores da avenida Beira-Mar, do outro lado da península, iam às vezes até o Porto dos Tainheiros para brincar, com as mães e as babás, porque ali, junto ao canal, o mar era calmo.

Era um dia assim, de brincadeira e despreocupação. Mas de

repente a babá gritou que a brincadeira precisava terminar, todos deviam voltar para casa, entrar, ficar a salvo, pois poderia haver tiroteio. Era *a revolução*, disse alguém. Délio não sabia o que era aquilo, mas sentiu medo, teve vontade de chorar.

Agora ele está ali, observando a mesma árvore, e de certa forma se despedindo dela. Dezoito anos transcorreram desde aquele dia em que eclodiu a Revolução de 30. Délio tem agora vinte e três anos e está de partida para o Rio de Janeiro. Vendo se afastar o bonde que o trouxe, depõe no chão a mala de couro. Poderia ter vindo a pé, mas a mala está pesada. Preferiu vir só, não deixou que ninguém fosse vê-lo embarcar. Detesta despedidas.

Além das árvores, além do gramado cortado pelo trilho do bonde, além da balaustrada baixa, com suas reentrâncias que formam bancos, lá está ele, boiando, sacudindo levemente as asas como um gigantesco inseto: o hidroavião. Parece até pequeno visto daqui, quase um brinquedo de papel e bambu, como as pipas que seu pai lhe ensinou a fazer quando era pequeno. Não é agradável a ideia de que vai entrar nessa máquina e sair voando até o Rio. Quantas horas? Não sabe ao certo, mas ficará encerrado ali dentro muito mais tempo do que gostaria. Délio tem medo de voar.

Um salto à frente, uma nesga do tempo, um resvalo e caímos nesse precipício das horas, dos dias e das eras. Para nós, tudo é possível, tudo é permitido. Mas é um flash apenas, cena muito rápida. Vemos o interior da pequena aeronave, o corredor entre as duas fileiras, duas poltronas de cada lado, nem todas ocupadas. Há no ar uma tensão palpável. Vemos a cena por trás, percebemos apenas o alto das cabeças, de diferentes formatos, cabelos de diversas texturas. São vidas. Pessoas saindo de algum lugar e indo para outro, movendo-se sobre este planeta que habitamos em um tempo que não é o nosso. Mas não importa, é o tempo deles, seres humanos, o que faz desse momento um tempo da humanidade inteira. Ainda mais porque, nesse instante, os que ali estão encerrados vivem um sentimento que é comum a todos nós pela vida afora, de uma forma ou de outra, seja em que intensidade for: o medo da morte.

Délio caminha junto ao cais, pisando o chão salpicado de flores. O lugar devia se chamar Porto dos Flamboyants, não dos Tainheiros. Desde muito pequeno esse nome o intrigou. Durante anos, quando era menino, ele o ouviu sendo pronunciado como se fosse uma palavra só, de significado misterioso — *Port'stanheiro*. Era como sua mãe falava. Até que um dia o menino viu uma placa com o nome. Só então lhe ocorreu perguntar por que o lugar se chamava assim, e um tio lhe explicou que era por causa dos pescadores de tainha, peixe muito comum na região.

Ele agora tenta se distrair, pensando nessas coisas desimportantes, para que não aumente seu nervosismo. Torna a parar. Descansa. Chegou cedo demais, o que, no caso dele, não é de estranhar. Sempre que tem algum compromisso, chega antes do horário. É ansioso, metódico, qualquer hora marcada o deixa inquieto, com medo de imprevistos. E o compromisso de hoje tem um peso enorme, porque não é uma viagem qualquer — ele está indo embora. Vai morar no Rio, começar uma nova vida, em um novo emprego. E vai ao encontro da mulher com quem se casou.

O casamento foi há apenas dois dias, no cartório, sem cerimônia alguma. Um casamento feito por procuração, sem a presença da noiva, que já estava morando no Rio, com a família. Délio pensa, com um sorriso, na maledicência que isso deve ter provocado. Sabia que a própria família da noiva ficara furiosa, mas eles dois tinham decidido que era melhor assim, por uma série de razões práticas. Não se importavam com o que os outros iriam pensar. Délio tivera apoio da mãe. Dona Mariá não se opunha a nada que viesse do filho, fossem ações ou ideias. Já o pai, Adolpho, ficara inconformado. Não apenas com a ausência de uma cerimônia, mas com o casamento em si. Não queria que o filho se casasse, ainda. Achava-o muito jovem, queria que ele continuasse na Bahia, apesar de ter passado no concurso para trabalhar no Rio.

Mas todas essas questões agora são passado. Délio só precisa se concentrar no que vai fazer, em como vai viver. É a segunda parte de sua vida, que começa hoje. Olha uma vez mais para o hidroavião oscilando com suavidade na superfície do mar, as letras em tamanho grande pintadas na fuselagem, Aerogeral. As duas hélices na parte de cima das asas formam uma prancha única sobre a fuselagem, e os planadores repousam na água, ligados por hastes, que é o que dá ao aparelho a aparência de inseto. Sente um vácuo no estômago. O começo da vida nova está na outra ponta de um arco que se inicia aqui, nesse mar, sob esse céu, e quem vai percorrer esse arco, de norte a sul, pelos ares, é o inseto que ali está, com suas patas flutuantes, tão frágeis. Délio respira fundo e apanha do chão a mala de couro. Começa a caminhar em direção ao píer. Está suando nas mãos.

Como um raio, a luz atravessa a fuselagem, sem que seja possível dizer por onde penetrou, se pelos vidros ou pelo aço. Como um raio, ela contamina, com seu tom azulado, os rostos e mãos crispados, tornando-os todos ainda mais pálidos, quase translúcidos. Há uma beleza perversa nessa inundação de cor. Como um raio, a luminosidade azul ofende, porque é uma luz que — todos intuem — pode trazer consigo o maior dos malefícios. Mas a símile aqui não cabe, não se aplica. Porque essa luz não apenas parece, ela *é* um raio.

Délio se dirige ao guichê, na construção de formas arredondadas, que fica no ponto do cais onde começa o píer. Tira do bolso do paletó a passagem e a apresenta através da abertura recortada no vidro com formato de ratoeira. A moça da Aerogeral, com seu uniforme azul-marinho com detalhes em rolotês brancos, sorri para ele. Tem um sorriso bonito, embora seja um pouco dentuça. Délio também tem dentes grandes, fortes. É um rapaz vistoso, de pele morena, cabelos castanhos muito lisos e um bigodinho que, segundo a noiva, o torna parecido com um artista de cinema, talvez Robert Taylor. Délio ri ao se lembrar disso, e a moça do guichê pensa que ele está sorrindo para ela. Sem tentar desfazer o engano, ele amplia o sorriso. Tem o instinto do sedutor. As mulheres sempre gostaram dele, desde muito garoto.

A moça devolve a passagem, carimbada.

— A chamada vai ser só daqui a uns quarenta minutos. O senhor pode ficar na sala de espera.

— Obrigado.

A sala de espera é na parte envidraçada da construção em estilo art déco, com um terraço em cima, cuja balaustrada de estruturas tubulares lembra o tombadilho de um navio. Délio entra nesse salão principal e se dirige ao centro, onde há algumas cadeiras de madeira enfileiradas, de costas umas para as outras. Por enquanto apenas três estão ocupadas. Os passageiros vão chegando aos poucos. Délio senta e, de longe, espia a moça do guichê. As mulheres têm um poder sobre ele.

Conheceu Angélica, agora sua mulher, quando os dois, ainda crianças, eram vizinhos de parede em uma vila na Visconde de Caravelas, perpendicular à avenida Beira-Mar. Talvez ela estivesse naquele dia da revolução. Ou não. Angélica era mais velha do que ele quase três anos, não foram amigos na infância. Mas, assim que a menina se transformou em mocinha, Délio prestou atenção nela. Era diferente da maioria, com cabelos quase cor de fogo e olhos esverdeados. Usava óculos e tinha o rosto um pouco afilado demais, mas era bem-feita de corpo e tinha seios fartos. Os dois começaram a conversar um dia, por cima do muro, cada um no seu quintal, e a conversa evoluiu para um namoro firme, que durou anos. Délio gostava dela, os dois riam muito quando estavam juntos, e a mudança dela para o Rio foi o impulso definitivo para que se decidissem pelo casamento. Ele fez o concurso e passou com ótima colocação. E havia também, para Délio, um motivo secreto, quase inconfessável, para aquela decisão de se casar e ir embora: queria viver longe do pai.

Adolpho era um homem irascível e dominador, que vigiava cada passo do filho. De uma família de médicos e militares, orgulhava-se de o pai haver lutado na Guerra de Canudos. Ele próprio era formado em medicina, mas não tinha vocação. Trabalhava em um departamento da Saúde dos Portos, nunca exercera de fato a profissão de médico. Tinha só um real interesse na vida: a família. E, dentro dela, o filho único. Controlava o rapaz em tudo, tratava-o como a uma criança.

Délio olha através do vidro que cerca a sala de espera. Pode jurar que a qualquer momento o pai vai surgir ali, inconformado com a recusa do filho em ter uma despedida no aeroporto. Doutor Adolpho tinha feito uma cena em casa, enquanto o rapaz fechava a mala e se preparava para sair. Só se acalmou porque dona Mariá foi firme, disse que ele precisava aceitar as decisões do filho. "A vida é dele", falou. *A vida. A segunda fase da vida.* Délio toma um susto. Uma voz fanhosa está anunciando no alto-falante que é hora de embarcar.

É através do vidro que a tormenta invade o pequeno ambiente, é a pasta de areia, calcário, barrilha e alumina, fundida pelo fogo e tornada transparente, aplicada em pequenas estruturas ovais ao longo da fuselagem, que traz para os olhos deles aquilo que não querem ver, que gostariam de evitar a todo custo, aquilo que os invade e contamina, que os preenche como talvez nenhum outro sentimento no decorrer da vida de cada um, longa ou curta, jamais tenha feito — o horror.

Délio entrega a passagem à moça que está na ponta do cais, parada diante da porta do avião. É a mesma do guichê. Ela sorri para ele e isso ameniza um pouco o aperto que o rapaz sente na garganta. Pisa na escadinha oscilante e entra. A cabine ainda está vazia, ele é o primeiro. São talvez dez fileiras com quatro poltronas, dispostas em pares, o corredor no meio. Mas, pela fila que viu atrás de si, Délio calcula que o avião vai levar no máximo vinte passageiros. Ele ocupa seu lugar marcado, o assento da janela na terceira fileira, à direita. As outras pessoas já estão se acomodando. Dois homens de meia-idade, ternos escuros, na certa indo a trabalho para o Rio. Fazendeiros, talvez. Alguma coisa nas mãos de um deles faz Délio pensar em trabalhos pesados no passado, um começo difícil. Há o jovem casal, muito sorridente, talvez em lua de mel. Délio não vai ter lua de mel. Assim que descer no Rio, inicia no trabalho, não há como adiar. Agora surge uma mulher gorda, de vestido festonado com duas fileiras de botões vistosos que fazem os seios parecerem querer pular para fora. Depois, cinco rapazes entram juntos, vestidos de forma esportiva; parecem pertencer a um time de alguma modalidade. Basquete, talvez. São altos, fortes, muito jovens.

Quando todos os passageiros já estão acomodados, entra a moça do guichê. Ela acumula a função também de aeromoça.

Os pilotos não estão à vista, a porta da cabine de comando está fechada. Agora é a porta do avião que se tranca, com a ajuda de alguém do lado de fora. A aeromoça verifica se está tudo certo e se dirige para o fundo. No caminho, sorri para Délio. Assim como os cinco rapazes desportistas e o casal em lua de mel, ela também é muito jovem. Uma pena.

Quase todos estarão mortos em poucas horas. Outro rasgo no tempo nos permite ver isso desde já, mas os passageiros estão ali inocentes da própria morte, sorrindo, conversando, talvez sentindo algum medo ou apreensão, porém tentando combater esse sentimento, bobagem, é seguro, todo mundo voa para lá e para cá e nada acontece. Em pouco tempo, em muito pouco tempo, esse leve otimismo de nada adiantará. A vida deles se esgota. Mas, claro, vocês perceberam: eu disse *quase todos*.

No início, ele nem se dá conta. Concentrado nas pessoas, tentando imaginar a vida e as histórias de cada uma, como sempre faz, ele se distrai. Mas assim que os motores são ligados o cheiro o invade. É um odor pesado, dominador, de um adocicado que parece descer como melado pelos dutos do nariz, colando-se à garganta, deixando rastros antes de penetrar nos pulmões. Délio não consegue identificar sua origem. Imagina, em um primeiro momento, que seja o cheiro do combustível do hidroavião, mas depois acha pouco provável.

Respira com cuidado, fecha os olhos. Pelo menos está só. Ficou satisfeito por ninguém ter ocupado o assento a seu lado. Agora seu pensamento se desvia, porque o aparelho entra em movimento. Délio já voou e sabe que, quando um hidroavião manobra para decolar, há um deslocamento de água que pode passar a impressão de um mergulho. Dá medo. *Quando o avião já sulca o mar, seu casco soa como um gongo, que reverbera nas entranhas do piloto. Segundo a segundo, à medida que ganha velocidade, o hidroavião vai se enchendo de poder. Naquelas toneladas de matéria, prepara-se a maturidade que permite o voo. E, quando chega o momento, o piloto separa o avião das águas e o eleva no ar, com um gesto mais leve que o de apanhar uma flor.* Délio nunca leu essa descrição de Saint-Exupéry em Terra dos homens. Mas é o que sente. A vibração, que é ao mesmo tempo terror e poder, está dentro dele, dentro de todos na aeronave. A decolagem é uma vitória do homem sobre a natureza. Mas nem sempre.

O momento de suspense dura vários segundos, talvez minutos. Só quando sente o aparelho se estabilizar no ar é que Délio abre os olhos. Pela janelinha oval, ainda vê lá embaixo a cidade que está deixando para trás, por entre nuvens. Mas o sentido da visão e o êxtase da fuga são obliterados no mesmo instante pelo cheiro que volta a tomar conta dele. Suas entranhas se revoltam. Inspira e expira, bem devagar, tentando decifrar aquilo que o agride. E o reconhecimento se dá de forma abrupta. Entre os muitos escaninhos da memória, naquele aposento sem fim, semelhante à biblioteca que Borges descreveria um dia, o arquivo gigantesco abre uma gaveta e oferece a resposta: o cheiro do charuto de seu avô, o general João Alexandre.

— O senhor está precisando de alguma coisa?

Délio se vira com um sobressalto. É a aeromoça.

— O senhor quer uma água? Daqui a pouco vamos servir um...

— Uma água... Quero, quero sim. Muito obrigado.

A aeromoça sorri.

— Vou buscar.

Logo ela está de volta, trazendo o copo d'água, equilibrado

em uma pequena bandeja, forrada com um guardanapo de pano. Délio pega o copo e agradece, mas, antes que ela se afaste, pergunta:

— Por favor, esse cheiro forte... o que é?

A aeromoça faz uma expressão sem graça.

— É a carga. O senhor tem razão, o cheiro está forte mesmo.

— O que é? São charutos?

— Não. É fumo de rolo.

— Ah...

Délio bebe um gole da água e depõe o copo na bandeja.

Revê a figura do avô fumando seu charuto na cabeceira da mesa. Terminado o jantar, ele ficava assim por muito tempo. Ao contrário do filho, Adolpho, o velho transmitia certa mansidão. Délio o imaginava um homem marcado, que talvez tivesse segredos. Não saberia dizer de onde lhe vinha essa sensação, se era sua imaginação ou se a impressão vinha das histórias que sua mãe, dona Mariá, contava sobre guerras e assombrações. Nem mesmo a condição de militar, com sua patente de general, fez de João Alexandre um opressor dos filhos. Délio não percebia no avô nada daquela atitude invasiva que identificava no pai. Seus avós tinham tido seis filhos homens e apenas uma mulher, tia Zizi, e ela era tão apegada aos pais que decidira jamais se casar para ficar ao lado deles até o fim. Essa devoção parecia a Délio um sinal da humanidade de João Alexandre e dona Sinhá. Mas quem sabe? Talvez fosse uma forma de tirania dos pais para aprisionar a filha.

Alguma coisa estremece e Délio se sobressalta. Pela janela, não vê nada de mais, apenas céu, nuvens e mar lá embaixo, por entre as patas do inseto. Mas o avião lhe parece um pouco mais instável, traçando pequenas curvas no ar, como o movimento de uma enceradeira. Deve ser o vento. Dá para divisar nuvens mais escuras, bem longe no horizonte. Talvez haja alguma tempestade pela frente. À medida que se voa para o sul, o litoral da Bahia torna-se uma região úmida, afeita a tormentas.

Délio imagina as grandes plantações de cacau, a umidade das folhas, as sombras, e sente como se elas fossem culpadas pela emanação de um calor úmido capaz de desestabilizar a atmosfera. Já caminhou por uma plantação assim e se lembra bem da umidade e do cheiro. Volta a pensar no carregamento de fumo, do qual tentava escapar. Há no odor que impregna o avião uma semelhança não só com o charuto do avô, mas também com o adocicado do cacau. Um cheiro parecido com o que emana da fábrica de chocolate em Itapagipe.

Délio sempre adorou chocolate. Mas não quer pensar nisso agora. Está difícil. Não suporta a ideia de passar várias horas trancafiado naquele ambiente pequeno sendo obrigado a respirar o mesmo cheiro o tempo todo. Essa sensação do inescapável é o que o sufoca.

Sente que começa a suar. Tira o lenço do bolso do paletó e passa na testa. Está enjoado, e isso não pode acontecer. Não se lembra se o hidroavião tem banheiro, mas imagina que sim. Há, junto aos assentos, pequenos recipientes para o caso de… Mas não quer pensar nisso agora, não pode, não vai acontecer. Vê que a aeromoça começa a percorrer o corredor distribuindo bandejas. Deve ser o lanche. A ideia o repugna. Vai fechar os olhos, fingir que está dormindo, assim ela não irá incomodá-lo nem oferecer nada. De olhos fechados, pode respirar mais lentamente de novo, sorvendo a cada vez volumes menores de ar, para proteger as paredes internas dos órgãos, a fim de mantê-las quietas, pacificadas. Com isso talvez possa tornar a atmosfera menos contaminada pelo cheiro de fumo.

Quer suavizar-se por dentro, pensar no avião não como um inseto, mas como um ser mitológico, alado, de plumas brancas. Um cisne, sim, um cisne que o conduz pelo ar com doçura. A *vida manso lago azul, algumas vezes, algumas vezes mar fremente...* Sua tia Zizi lhe recitava poesias. Lembra-se de quando ela o botava no colo, ele ainda muito pequeno, e declamava poemas como quem canta canções de ninar. *Quando chegar esse momento incerto, no lago, onde talvez a água se tisne, que o cisne vivo, cheio de saudade, nunca mais cante, nem sozinho nade, nem nade nunca ao lado de outro cisne.* Délio observava de muito perto aqueles olhos verdes enormes, sombreados por olheiras escuras, que contavam histórias de dor e saudade. Os poemas que ela recitava falavam sempre de amor, mas de um amor triste, que terminava em morte ou separação. Zizi nunca se casou. Morreu de câncer ainda muito jovem, pouco depois da morte dos pais.

Os vapores que subiram do mar e da terra, emanando em todas as direções, solidificaram o ar, alimentando os elementos líquidos e gasosos, enchendo-os de força, para que possam vomitar seus horrores sem piedade. Como uma mariposa perdida em um vendaval, que chance terá o pequeno corpo, que força o fará impor sua vontade e escapar? Não há salvação possível. E, se o horror se fizesse verbo, talvez cantássemos para eles — os condenados — aqueles versos de Mário Faustino que ainda não tinham sido escritos: *Os cães do sono ladram, mas dorme a caravana de meu ser. Ser em forma de pássaro, sonora envergadura, ruflando asas de ferro sobre o fim dos êxtases do espaço, cantando um canto de aço nos pomares, onde o tempo não treme, onde frutos mecânicos rolam sobre sepulcros sem cadáver.*

Lá embaixo, a água se tisna.

Délio abre os olhos e já não vê a aeromoça distribuindo o lanche. Talvez ele tenha adormecido sem perceber. Isso é bom.

Não deve faltar muito tempo para fazerem a escala em Ilhéus. Seria maravilhoso se ele conseguisse dormir, esquecer o enjoo, o cheiro insuportável. *O medo.*

Só agora percebe que está temeroso, que uma ansiedade nervosa cresceu dentro de si enquanto dormia, deitando raízes a partir do plexo solar, espraiando-se e fincando em seu âmago pequenos grampos. Essas raízes provocam choques toda vez que o hidroavião dá seus saltos, para cima, para baixo, para os lados. O voo inquieto tem uma razão — e ela está nas nuvens escuras, nos clarões do horizonte, nas gotas que começam a se chocar nos vidros. Vem aí um temporal. Mais isso agora. Como se não bastassem o cheiro horrível, o enjoo, a opressão no peito. *Ah, um urubu pousou na minha sorte. Também, das diatomáceas da lagoa, a criptógama cápsula se esbroa...* Délio não sabe por que lhe vêm à mente esses versos hostis, uma poesia que tia Zizi jamais declamaria. Mas as palavras se insinuam e vão subindo como ervas daninhas. Ou como hemoptise. *Apedreja essa mão vil que te afaga. Escarra nessa boca que te beija!* Ele fixa os olhos na janela oval. *Começara a chover. Pelas algentes ruas, a água, em cachoeiras desobstruídas, encharcava os buracos das feridas, alagava a medula dos doentes.* Seu estômago se revolta, junto com as nuvens e com as vagas. *Este ambiente me causa repugnância. Sobe-me à boca a ânsia análoga à ânsia que se escapa da boca de um cardíaco.* O cheiro está cada vez mais forte. Délio mal consegue se mover sem provocar ondas furiosas em si próprio. Crava as mãos nos braços do assento, tentando se estabilizar. E é quando o avião dá o primeiro grande salto.

O céu tem abismos. Era uma descoberta recente do homem, ele mal aprendera a voar. Montanhas de nuvens escondem em seu âmago compartimentos secretos, bolsões de não ar onde habita o Nada. Assim são os vácuos. Deve ter sido uma surpresa para os primeiros aviadores descobrir essa manifestação do horror. Dura alguns segundos apenas. E os seres alados se defrontam com a realidade mais assustadora, com o momento em que descobrem no próprio corpo, nas próprias vísceras, aquilo que sempre souberam em teoria, embora uma teoria que evitavam encarar: não têm, em sua passagem sobre o planeta, qualquer controle sobre o que vai acontecer. *Pensar que pode existir um deus perverso e manipulador chamado Acaso, mexendo as cordas por mexer.* É essa a pior lição do abismo. Nunca se pode prever quando ele se abrirá.

Foi a ânsia que o manteve íntegro. Assim como o tímido que se afoga por vergonha de pedir socorro, Délio se prendeu ao esforço de não deixar o estômago fazer o que queria — virar-se do avesso. Vomitar seria pior do que morrer. É uma pena, uma pena morrer agora, mal começando a vida, mas se tiver de acontecer é preciso que seja com dignidade. Mesmo que seu corpo se desfaça quando o inseto se espatifar no mar lá embaixo, ainda assim ele estará limpo, seus restos se dissolverão como pequenos moluscos rosados, e não maculados pela imundície. Concentra todas as forças na respiração e no intuito de conter o estômago. Não tem real consciência disso, mas o que busca naquele instante é ter algum controle sobre a própria morte. Agarra-se ainda mais nos braços do assento, enquanto luta contra o poder impressionante que tenta puxá-lo para cima.

De repente, de um segundo para o outro, com um ronco estupendo, o voo do inseto se estabiliza.

Délio precisa de algum tempo para abrir os olhos. Mais ainda para relaxar as mãos. O zumbido do motor, agora mais baixo, torna-se uma frequência de som estável, quase macia de tão homogênea. Dentro do avião, o silêncio é total. É estranho, porque Délio não se lembra de ter ouvido nem um grito, nem um murmúrio dos passageiros enquanto a pequena nave caía no vazio. Talvez estejam todos mudos de pavor. Toma coragem e espia pelo vidro. Um céu escuro, mas manso. Parece que o pior passou.

Como é bom respirar. Ar leve, puro, sem qualquer contaminação. Ele próprio também está purificado, o estômago vazio, limpo. Agora não há mais nada que o oprima, depois de arrancadas as garras da erva daninha. Livre, livre. Saindo do banheiro, Délio se sente aliviado pela decisão que tomou, por todas as decisões e por todos os atos. E passeia pelo pequeno galpão, sem pressa.

Assim que o hidroavião pousou na água, na escala de Ilhéus, levantando ondas de espuma e lhe dando a sensação de um mergulho, Délio teve certeza de que não continuaria a viagem naquele ambiente contaminado. Não era medo do voo nem das turbulências. Era o cheiro do fumo de rolo. Ao desembarcar, retirou a mala, passou um telegrama para o Rio e comprou outra passagem, da companhia Nyrba do Brasil. Saiu caro, mas paciência. Embarcaria dentro de duas horas no aparelho que estava parado no embarcadouro. Era um hidroavião um pouco maior, talvez mais estável. E, com sorte, sem cheiro algum. A decisão vai resultar em um pequeno atraso, mas ele não tem dúvida de que fez a coisa certa. Não suportaria a ideia de reentrar no avião da Aerogeral e sentir outra vez aquele cheiro horrível.

Passeia pelo espaço do hidroporto, um terminal acanhado, rústico. Tem muito tempo. Entra por um corredor e vê que a parede traz grandes cartazes de propaganda das companhias aéreas e das cidades para as quais voam.

Tem diante de si um cartaz do Rio. A curva da Baía de Guanabara, o Pão de Açúcar ao fundo. É uma fotografia ampliada, colorida, um pouco desbotada, é verdade, mas a beleza está toda ali. Fica se perguntando como será sua vida nessa cidade linda, que antes lhe parecia tão inalcançável. Pensa em tudo o que já leu sobre ela, nas praias, boates, nos teatros, nos arredores. Pão de Açúcar, Corcovado, Floresta da Tijuca, a Vista Chinesa e a Mesa do Imperador. O Trampolim do Diabo, as corridas de baratinha e os domingos de remo na Lagoa. O futebol nas Laranjeiras. Já até escolheu o time para o qual vai torcer no Rio: Fluminense. Ah, e também quer ir a Petrópolis, ver o Quitandinha, assim como conhecer as praias de Cabo Frio. Quanta coisa, quanta coisa. Quer ver tudo, esquadrinhar cada canto dessa que será a sua cidade, talvez para sempre. Uma nova vida. Longe do pai — pelo menos é o que espera. Está a meio caminho desse recomeço. Falta pouco para acabar de traçar o arco que o levará até lá. Falta pouco.

Um arco. Um traçado imaginário riscando o ar, ligando dois pontos em terra, mas alçando-se e vencendo o espaço com a elegância de um pássaro. Movendo-se em câmera lenta, podemos imaginá-lo desenhando-se cheio de cores, as sete tonalidades do arco-íris, como em um sonho. Há um contraste entre esse arco de beleza e outro, bem diverso, criado por um monte de ferros que se desfazem. Dois traçados, dois aviões construídos com o material frágil da inventividade humana. Quem diria que, ao alçar voo, um deles estava condenado? *O beco de agonia onde me espreita a morte espacial que me ilumina*, escreveu Mário Faustino ao prever a própria morte em um avião que explodiu sobre os Andes. Talvez os poetas tenham o dom de driblar o deus perverso do Acaso e saber de antemão o que vai acontecer, o segredo do abismo. E por isso são poetas e escrevem coisas assim. *Os cães do sono calam, e cai da caravana um corpo alado. E o verbo ruge em plena madrugada cruel de um albatroz zombado pelo sol.*

Délio vai descendo a escada em espiral do hangar do Clube da Aeronáutica, quando ouve a frase. Para. Agarra-se com força ao corrimão, sem entender bem por quê. Sente na palma a frieza do metal, e sua mão também está fria. Olha para trás. Percebe o rosto tenso das pessoas que passam, não só dos dois homens que conversam parados na escada atrás dele, mas de todos em volta. Eles parecem saber alguma coisa, deter um segredo terrível que a ele passava despercebido, que não o atingira, envolto que estava pelo encanto de chegar ao Rio, de alcançar a outra ponta do arco.

— O senhor me desculpe — Délio diz a um dos homens que conversavam atrás dele —, eu... acabei de desembarcar. O senhor falou alguma coisa sobre... um acidente?

O homem, que usa um paletó com o logotipo da Aerogeral, a princípio não responde. Olha para o outro, como se buscasse orientação sobre o que dizer. Depois olha para a mala que Délio leva nas mãos e diz:

— É, infelizmente, houve um acidente, sim. Mas não foi aqui na região. Foi na costa do Espírito Santo. Em alto-mar.

— Um... avião?

O homem faz que sim com a cabeça, apertando os lábios como quem está constrangido. Parece a ponto de pedir desculpas.

O outro intervém:

— Mas ainda não se sabe se havia passageiros. Foi um avião da Aerogeral que tinha saído da Bahia levando um carregamento de fumo. Ele se espatifou no mar.

Os dois homens descem os degraus depressa. Délio fica só. *Um carregamento de fumo.* A primeira imagem que lhe vem à mente é o sorriso da aeromoça de dentes grandes. Depois vê gestos, mãos, rostos. Muitos rostos. A morte tem feições às vezes. Délio não consegue se mover, dar nem mais um passo, descer nem mais um degrau. Olha para baixo e o corrimão espiralado lhe parece o vórtice de uma hélice que irá tragá-lo, rasgando-o em pedaços. Parado na escada, percebe que seu corpo congelou em meio ao espaço também frio, de pé-direito alto e linhas modernistas. A frase que ouviu continua ressoando dentro dele. Não podia ser outro. Era o avião em que deveria estar. O cheiro do fumo de rolo o salvou.

Esse navegante do tempo, esse elemento do qual nada restou senão partículas, essa matéria de cheiro adocicado e enjoativo é, assim como a gaze ancestral, a chave da vida. Délio vê pontos de luz e se segura com mais força no corrimão. Volta a sentir um enjoo violento. Tem a sensação de que vai desmaiar, e talvez seja melhor assim, afastar-se dali, ainda que por instantes, daquela sensação de morte. Sentindo as pernas fraquejarem, senta-se no degrau, e a pedra fria lhe dá a certeza de que está em terra firme. A segunda metade de sua vida começa aqui.

5.

— A mulher tá acordada?
— Tá desmaiada.
— Deram K pra ela?
— Sei lá. Diz que rolou pedra também.
— Que horas foi que o Playboy trouxe ela?
— No meio da madruga. Já tava doidona.
— Já era pra ela tá esperta.
— Eu fui agorinha lá olhar. Ela ainda tá falando coisa sem nexo.
— Acho que ela é desse jeito mesmo. O Playboy disse que ela é telha fraca.
— Que que ele vai fazer com ela?
— Sei lá, porra.

Lia ouvia tudo, mas continuava com os olhos fechados. Não entendia que vozes eram aquelas, o que diziam. Não sabia onde estava. Em um primeiro momento, tentou refazer mentalmente o que tinha acontecido, mas tudo lhe veio em fragmentos, assim como a memória de sua vida com Tito. A lembrança era um carrossel rodando, rodando. Ao fundo, um som hipnótico e ensurdecedor, luzes coloridas, um movimento de dança. Uma carícia, alguém que a abraçava por trás. O gosto amargo na boca, a vertigem. E depois ela rindo, rindo muito, sentindo-se desmanchar, liquefazendo-se, porém feliz, de uma felicidade raivosa, cujo motor central talvez fosse o ódio. Ou talvez a dor.

Fez um esforço enorme para abrir os olhos. As pálpebras pareciam coladas, como se os cílios tivessem sido untados por uma substância aderente. Passado algum tempo, conseguiu. Olhou em torno e, com grande esforço de concentração, começou a fazer aquilo que era sua característica sempre que observava os lugares: esquadrinhar cada mínimo pedaço do ambiente, cada detalhe, por mais ínfimo, bem devagar, de forma a arquivar todas as imagens na retina. Como se tivesse uma câmera fincada na testa. Já escrevera sobre isso uma vez, havia muito tempo, em uma anotação. E depois se surpreendera ao ler o livro de Christopher Isherwood sobre a Berlim decadente dos anos 1930 sendo tomada de forma insidiosa pelo nazismo. *Sou uma câmera com o diafragma aberto, passiva, registrando tudo, não pensando.* Era mais ou menos assim que começava o adeus a Berlim, Lia se lembrava. E agora ela fazia igual. Não pensar, não julgar, não tentar se lembrar do que tinha acontecido — nunca. Apenas registrar com os olhos o que via à sua volta.

Começou pelo lado esquerdo superior. O teto era baixo, de telhas inteiriças, cor de cimento, como aquelas antigas, de amianto. Na junção entre a parede e a telha havia pequenos espaços, frestas por onde entrava luz. Começou a descer. A parede exibia sulcos, reentrâncias, o cimento parecia ter sido alisado com pressa, deixando imperfeições. Encostado a ela, estava o único objeto que preenchia aquele primeiro canto esquadrinhado: uma arara, como os cabideiros que se veem nas lojas. Estava cheia de roupas penduradas, roupas de homem, jaquetas, calças jeans, camisas polo, camisas sociais vistosas, coloridas. A câmera na testa de Lia desceu mais um pouco. No chão, enfileirados, havia três pares de sapato de couro e mais de vinte pares de tênis, alguns do tipo basqueteira, de gáspea alta, e quase todos de um colorido berrante, como o das camisas e jaquetas.

Captada a imagem do lado esquerdo, Lia fechou os olhos, para deixar que ela assentasse no cérebro e entrasse em algum escaninho. Tudo conferido e registrado, levou o rosto, com os olhos fechados, para o centro e em seguida se virou para o lado contrário, à direita. Quando os abriu, precisou ajustar suas lentes. A parede caiada estava muito próxima. Alguns metros acima havia uma janela. Era de madeira clara, parecia uma janela nova que tinha acabado de ser instalada e seria preparada para receber a pintura. Estava fechada. Mas, assim como no espaço entre a telha e a parede da esquerda, também ali havia luz nas frestas. Outra vez com os olhos fechados, Lia voltou à posição neutra.

Tinha consciência de que, por estar deitada, precisaria erguer o pescoço para ver o que havia à frente. Abriu os olhos e deu ordem para que os músculos do pescoço se movessem. Mas não aconteceu nada, alguma coisa a travou. Só então Lia tomou consciência da dor. Era como se um fio de cobre incandescente saísse do canto de seu olho esquerdo e subisse pela testa e pela superfície do couro cabeludo, até lá atrás, na nuca. Todo aquele hemisfério estava tomado pela dor. O lado direito, não. O lado direito estava são. Impressionante que, sob o impacto do despertar desconhecido, não tivesse percebido antes a presença da dor. O lado esquerdo latejava. Era a enxaqueca, que ela conhecia tão bem, a dor que a atormentava desde adolescente e que sempre se instalava assim, em um território bem delimitado, para só depois, aos poucos, ir se espalhando pela cabeça inteira, pelo corpo inteiro.

Tornou a fechar os olhos. Respirou fundo. Imóvel, procurou compassar a respiração, o inalar e o exalar, tentando fazer a limpeza das zonas atingidas. *Respira na dor*, dizia a mestra em consciência corporal com quem fizera aulas. Fez isso durante um ou dois minutos. Depois reabriu os olhos. A telha cinzenta estava lá, o quarto a esperava para acabar de ser esquadrinhado. Tinha de recomeçar. Ainda agia apenas com a câmera cravada no centro da testa, a poucos centímetros do ponto onde nascia o fio incandescente. Embora a dor a chamasse — querendo que ela voltasse a *sentir* toda a amplitude do presente —, Lia resistia. Queria continuar só registrando, sem julgar.

Com enorme esforço, tornou a dar o impulso para se erguer, e agora não apenas a cabeça, mas também a parte superior do corpo. Apoiou-se nos cotovelos e olhou o cômodo. Havia poucos móveis. O cabideiro, à esquerda, a cama onde estava e em frente dela um móvel baixo, uma espécie de cômoda encostada na parede. Ao lado dele, uma cadeira. E uma porta fechada. O chão era recoberto por placas grandes de ladrilho, como em um banheiro. As paredes eram caiadas e nuas, sem nada pendurado nelas. Pelas frestas, entrava a luz que ela já tinha observado antes. Lia deitou-se de novo, muito lentamente, para não despertar ainda mais a dor do fio de cobre. Por fim, permitiu-se pensar.

Estava no quarto de um homem, talvez um rapaz, porque o estilo e o colorido das roupas faziam imaginar alguém jovem. Não sabia como tinha ido parar ali. Já era dia. Voltou a ver imagens fragmentadas da noite — não podia recuar mais, senão tocaria em um território por ora ainda proibido. Lembrava-se de passar de carro por muitas ruas, lugares desconhecidos, como se estivesse dentro de um sonho. Lembrava-se de um movimento compassado de corpo, de uma dança que lhe infundira prazer, de luzes, suores, cheiros, tudo forte, muito forte. E de um par de olhos escuros.

Depois disso, as lembranças se partiam em pedaços ainda menores. Risadas. Muitas vozes. Alguém segurando sua mão. Um painel à sua frente, uma tela, botões, mais luzes. Alguém sussurrando alguma coisa em seu ouvido, e ela rindo, rindo sem parar. O vento no rosto, uma janela de carro aberta e ela sentada não ao volante, mas no banco do passageiro, sendo levada, como acontecia quando saía com Tito. Não pensava no que a fizera mergulhar naquela noite de tantos acontecimentos, mas sabia de uma sensação que misturava prazer e medo, sabia de um impulso que a fazia ir cada vez mais longe, nua, desarmada, enfrentando os riscos como quem arrosta uma tempestade. E ouvia, lá no fundo, o eco de um verso que ficara impregnado nela, *nem imaginam as atrocidades que vou cometer.*

Mexeu-se na cama, sentindo a dor latejar com mais força. Havia droga na bebida, só podia ser — isso explicava tudo, a vertigem, o riso, as luzes, os sonhos, a dor de cabeça. Em mais um esforço, tornou a erguer um pouco o corpo e olhou em volta, por todo o quarto, à procura de sua bolsa. Não encontrou. *Boa noite, Cinderela.* Era assim que chamavam. Botavam uma droga na bebida, levavam a pessoa, faziam-na obedecer às ordens, meio grogue, e depois a largavam em algum canto, dormindo um sono pesado e dolorido, do qual a vítima acordaria aos pedaços, humilhada e sem seus pertences. Era assim, já tinha lido muitas vezes nos jornais. Talvez fosse essa a explicação. Mas faltavam muitas respostas. Que lugar era aquele e como fora parar ali? E o que será que ainda queriam com ela?

Agora que já se permitia pensar, analisava a própria situação. Mas por enquanto essas reflexões lhe vinham com uma neutralidade espantosa, ela não sentia medo. Curiosidade, sim. Queria entender, só isso. Lembrava-se de ter ouvido vozes por trás da porta, em seu primeiro instante de consciência. Ou talvez tivesse sonhado. No intervalo de tempo em que a câmera em sua testa esquadrinhava o quarto, não ouvira nada. Estivera cercada de um silêncio sobrenatural. Mas agora precisava se deixar contaminar pela realidade. Reunir forças e se levantar. Foi o que fez.

Quando se pôs de pé, tentando não pensar na dor, o mundo inteiro penetrou de um só jato pelas frestas. Cães latindo, portas batendo, galos cantando, um burburinho de vozes em todos os tons, infantis, maduras, femininas, masculinas, uma algaravia que a fez tampar os ouvidos com as mãos e encostar-se à parede ao pé da cama. O quarto rodava. Sentou-se na ponta do colchão, tornando a fechar os olhos, respirando. Suas mãos tremiam. Sentia-se fraca, totalmente desprovida de energia vital, e os barulhos da vida cotidiana que agora penetravam em seus ouvidos pareciam atiçar seu cérebro, fazendo-o girar junto com o quarto.

Muitos minutos depois, quando o mundo parou de rodar, quando a vida lá fora se estabilizou em uma só massa sonora que lhe chegava sem muito discernimento, Lia tornou a se concentrar e se levantou. Escorada na parede, foi, palmo a palmo, em direção à única porta do aposento. Pensou que sua roupa ficaria toda branca de cal ao se esfregar assim, ao se esgueirar cosida à parede. *Cosida à parede*. Essa expressão engraçada, que lera um dia em Machado de Assis, a fez soltar uma gargalhada alta. E nesse instante ouviu um estrondo. Alguém tinha escancarado a porta.

— Quietinha!

Lia parou.

— Onde é que a madame pensa que vai?

Silêncio. Lia continuava colada à parede, a testa apoiada nela, as mãos espalmadas ao lado do rosto, na linha dos olhos, como um bandido rendido contra um muro. Paralisada, esperou. Então sentiu um contato, alguma coisa fria que se encostava em suas costas nuas, deixadas à mostra pelo vestido de alça. Não se virou, ainda não, mas teve a imediata certeza de que era a ponta de uma arma.

— Olha pra cá!

Lia descolou a testa da parede, ainda tonta, ainda fraca. Virou-se aos poucos, temendo que a qualquer momento o quarto recomeçasse a rodar. Não podia fraquejar, não podia cair. Só quando tinha dado uma volta sobre si mesma, com as costas já encostadas à parede, abriu os olhos e encarou a voz que lhe dava ordens. Era um menino. Teria no máximo quatorze anos. Negro, muito magro, cabelo cortado rente à cabeça. Sorria, mas um sorriso feroz. Tinha dentes lindos.

Lia observou tudo isso em um segundo, enquanto abria os olhos e se virava de frente, apoiada à parede, por temer cair. Qualquer movimento em falso e o mundo em volta dela poderia se estilhaçar. Mas isso não aconteceu. Baixando a vista, ela viu o objeto que o menino tinha nas mãos. Um fuzil.

— Eu não vou fazer nada — Lia sussurrou.

O menino apontou a cama com a arma.

— Senta aí!

Sem descolar as costas da parede, Lia foi andando, dessa vez com mais agilidade. Sentou-se na beirada da cama e olhou para o menino.

— Eu não vou fazer nada — repetiu. — Só queria pedir uma coisa.

— Cumé que é??

— Se vocês forem me matar, eu antes queria contar uma coisa.

— Taquiuspariu! Cala a boca.

— Um segredo.

O menino baixou um pouco o fuzil, dando uma risada.

— Bem que o Playboy falou que tu era telha fraca!

Lia riu também. Depois ficou séria. As imagens da noite começavam a se colar umas nas outras, como em um quebra-cabeça. Agora Lia se lembrava melhor do carro preto, de seu motorista de olhos muito escuros e cabelo quase louro. Ele tinha um nome.

— Onde ele está?

O menino ficou olhando para ela por um instante.

— O Playboy. Onde ele está? — Lia insistiu.

O menino se enfureceu.

— Aqui tu não tem nada que fazer pergunta! Não tem que saber porra nenhuma! — gritou.

— Tudo bem, não precisa ficar nervoso.

— Tô nervoso caralho nenhum! Tu fica quieta aí. E não abre mais a boca, sinão vai ter esculacho!

Lia baixou a vista. O fio de cobre foi repuxado com o movimento, a dor tornou-se quase insuportável. A chegada do menino e o susto tinham anulado a dor por algum tempo, mas agora ela voltava com ferocidade.

— Posso deitar? Acho que vou desmaiar — ela disse baixinho.

— Pode. Mas de bico calado. Se gritar ou fizer gracinha, pipoco vai cantar.

Lia tornou a se mover bem devagar. Pôs os pés em cima da cama e se esticou. Voltou a inspirar e expirar lentamente, respirando na dor. Continuava sem medo, sentia apenas uma fraqueza imensa. E o fio incandescente brilhando no lado esquerdo da cabeça. De repente sentiu uma sede avassaladora, mas achou melhor não pedir água por enquanto. Naquele intervalo de silêncio, a atmosfera do quarto parecia ter serenado, como se a tensão descesse e assentasse, igual a grânulos de poeira em raio de sol.

O menino se acomodou na cadeira junto à porta e plantou o fuzil entre as pernas. Estava ali de guarda, era o seu papel. Lia não imaginava o que aconteceria quando o Playboy chegasse. Se é que ia chegar. Não que importasse muito. Ela continuava assistindo ao desenrolar dos acontecimentos como espectadora, a mesma sensação daquele dia do assalto com Tito. Em sua mente brilhou outra lembrança do passado, mas não aguda, não como um caco de vidro, e sim como o retalho colorido de uma colcha feita por alguma mulher ancestral, emersa de outro tempo, de um conto de fadas talvez. Um retalho de amor.

Fazia sol. Era uma beira de mar. Eles brincavam nas pedras como duas crianças. Venciam as superfícies irregulares e seus pés se amoldavam a elas como por encanto. Não havia dor alguma quando a planta dos pés tocava as pedrinhas, os gravetos. Os pés se irmanavam à pedra, eram parte dela — como os gatos, Lia se lembrava de ter pensado. Os gatos são capazes de se deitar sobre uma pedra e fazê-la parecer um colchão de plumas. Sua maleabilidade torna suave qualquer superfície dura. Lia queria ser assim, naquela época ela ainda acreditava nisso. Tinha certeza de que seu amor, sozinho, de tão desmedido, seria capaz de adoçar Tito, de quebrar suas defesas. Mas isso não aconteceu. Nada saiu como ela esperava. Não foi um final feliz. Houve até alguma beleza na dor — sempre há alguma beleza na dor —, mas acabou. *A morte é uma dor limpa.*

Quase sem querer, Lia começou a murmurar uma canção sem palavras, só a melodia, a princípio só em sua mente, depois entoando-a com a boca fechada, bem baixinho. Uma canção linda, de Michel Legrand, Lia se lembrava bem, era o tema de *Verão de 42*. A moça fica viúva, o marido morre na guerra, ela recebe o telegrama. Então se entrega ao rapaz, faz amor com ele. Essa entrega é a forma que ela encontra de dizer o quanto ama o marido e o quanto está destroçada. Não é uma traição, longe disso. É o maior gesto de amor que ela poderia ter.

Enquanto murmurava a canção, Lia espiou o menino pela fresta dos olhos. Sentado junto à porta, ele estava quieto. Dessa vez não brigou, não mandou que ela ficasse calada.

— Eu queria assobiar, mas não sei — disse Lia bem baixinho. Era um teste, como quem experimenta a solidez de um terreno.

O menino riu.

— Cê é maluca.

— Queria muito saber assobiar. Você sabe?

— Tomá no cu — disse o garoto. Mas continuava rindo.

— Sabe?

O menino ficou quieto. Lia também. Dali a pouco ele começou a assobiar. O timbre era o do trinado de um pássaro raro, que Lia associou de imediato a uma ave do paraíso. Afinação justa. E os flauteios se faziam desenrolar com suavidade e maestria. Não havia melodia nesse primeiro momento, apenas uma série de pios, com altos e baixos, mas sempre cristalinos, fazendo o quarto se transformar de repente em um pedaço de floresta.

O som, de uma beleza abstrata, encheu o ambiente e suspendeu os acontecimentos presentes. Ali não estavam mais um menor fora da lei, capaz talvez das piores crueldades, e uma mulher desajustada, que tentava afogar sua dor atirando-se na noite de uma cidade violenta. Durante um tempo, o que existiu foi apenas música, em seu estado mais puro.

Depois, aos poucos, os trinados começaram a delinear melodias conhecidas, uma atrás da outra. Lia se deixava levar por aquele encantamento, apenas ouvindo e ainda sem querer identificar as canções. Até que, em dado momento, reconheceu uma sequência de acordes. Era um samba antigo, muito popular no passado, que o menino assobiava em um andamento lento, romântico. Lia sabia a letra, falava de alguém que tinha encontrado um novo amor. Era um canto de libertação. *Eu agora sou feliz, eu agora vivo em paz.* Ela continuou ouvindo, atenta. Até que sentiu alguma coisa lhe roçar a lateral da face e passou a mão. Olhou a umidade na ponta dos dedos. Estava chorando. Nunca tinha chorado assim, lágrimas correndo sem que ela sentisse, sem um soluço de preparação, nada. Um pranto que brotava de si mesmo, à revelia dela, abrindo uma fenda, buscando líquido de um lençol d'água escondido nas profundezas. E, estranho, não era um choro de medo ou desespero, apenas de emoção, um sentimento de alívio que era quase feliz.

— Onde foi que você aprendeu a assobiar assim? — ela quis saber, quando o menino parou.

— Num fode.

— Eu não consigo.

Silêncio.

— Nunca consegui...

— Bem que o Playboy falou que tu era doida.

Lia sorriu. O menino não disse nada, mas tirou o fuzil do meio das pernas e apoiou no joelho, parecendo relaxar.

— Eu não ia me importar se você me matasse.

— Ô caralho! Já falei pra ficar quieta, porra!

Ele se pôs alerta outra vez.

— Mas antes eu queria contar uma história — insistiu Lia.

— Caralho...

— Por favor.

— Você tem que contar essa porra dessa história é pro Playboy, que inventou essa merda de trazer tu pra cá enquanto...

— Enquanto ele faz a limpa nos meus cartões, eu sei. Eu disse tudo pra ele, dei até meu endereço, eu lembro. Estou lembrando de tudo agora.

— Lembra porra nenhuma.

— Lembro, sim. Lembro mais do que vocês imaginam. Mas eu não me importo.

— Tomá no cu.

— Eu só quero contar uma história, só isso. Posso falar baixinho, para mim mesma, você nem precisa ouvir.

Silêncio.

— Não precisa prestar atenção, se não quiser. Mas eu preciso falar.

Silêncio ainda.

— Depois você, vocês, podem fazer o que quiserem comigo.

O menino, para a surpresa de Lia, não disse nada. Soltou um muxoxo e continuou calado. Por fim, Lia deixou fluir o que represava, o volume por trás daquela muralha semelhante à erguida, tijolo por tijolo, dentro da mente do professor no filme sobre os meninos amaldiçoados, de olhos como estrelas.

E foi assim que se contou a última história.

2018
O pequeno não

Era um dia comum. Manhã bonita, fazia sol quando amanheceu. Eu tinha acordado feliz, na medida em que posso me sentir feliz. À noite, ia sair para jantar com uma amiga. Ana, o nome dela é Ana, é minha melhor amiga. Eu não tinha muito o que fazer de manhã nem à tarde, só reler trechos de alguns livros, para um trabalho que estava preparando. E de noitinha me aprontar para sair. Não podia imaginar que aquele dia trazia, embutido em si, uma sentença de morte.

A tarde já ia caindo quando o telefone tocou. Eu acabava de sair do banho e fui atender enrolada na toalha. No instante em que encostei o fone ao ouvido, antes mesmo de ouvir qualquer palavra, senti a *presença* dele do outro lado. Foi um segundo, mas naquele lapso mínimo de tempo tive certeza de que era Tito. E aí ele falou. Já fazia alguns meses que eu não ouvia aquela voz rouca, urgente, mas o reconhecimento foi imediato. E a reação também. Uma labareda me lambeu inteira, de baixo para cima, como se alguém tivesse me apontado um lança-chamas com um fogo líquido.

Eu me encostei à parede e fui descendo até me agachar. A toalha na qual eu estava enrolada escapou. E foi assim, agachada e nua, que recebi a voz. Sussurrava frases desconexas, mas carregadas de uma urgência, e sei que falavam de desejo, talvez até de amor ou saudade. Era uma voz encantatória, feita para me envolver de forma inescapável. Talvez eu não tivesse completa consciência do que acontecia, mas, ao ouvir a voz saindo dos dutos impessoais de um telefone, já me rendia.

Compreendi que ele estava por perto, me rondando — e que pedia para subir. Abrir a porta e deixar aquele homem entrar de novo na minha vida, ainda que só por uma vez, seria uma condenação, eu não tinha dúvida. Mas o efeito da voz rouca foi imediato e não houve escape. Nua, eu me levantei. Entrei na cozinha e apertei o botão do interfone, liberando o portão lá embaixo. Vi mentalmente a lingueta da porta estalando e se abrindo, soltando o trinco, desfazendo o último empecilho a que ele subisse, desfazendo minhas próprias barreiras, erguidas nos últimos meses com tanto cuidado. Ouvi, encostada à porta, as engrenagens do elevador de serviço se movendo, as correntes roçando umas nas outras, trazendo a caixa de madeira, aço e luz, e em seu bojo o homem.

Daí em diante, tudo se desenrola como nos sonhos, em cenas fragmentadas, feitas de prazer e delírio, mas também de horror. Muito horror. Vejo os olhos, o sorriso cruel, os cabelos encaracolados emoldurando o rosto de linhas cortadas a faca. Vejo um ombro, um braço, ou dois, muitos braços talvez, como tentáculos de demônios ou deuses, me envolvendo e sugando com suas ventosas. E a sensação de que tudo se escoava, de que tudo era perigoso e último.

Eu sabia que tinha transposto uma fronteira, que, aberta a porta para a entrada do vampiro, já não havia como recuar. Assassinava minha própria liberdade, a sobrevida conquistada depois de tanto tempo, tanto silêncio e tanta dor. O mar me tragava e eu não podia — ou não queria — me salvar.

Desde que o conheci, Tito se infiltrou em mim como água. E depois, um dia, quando foi embora, deixou-me com a sensação da criança que, sentada na beira do mar, apanha água e areia no oco da mão e vê, em segundos, só restar na palma a areia úmida e brilhante.

No princípio, quando nos conhecemos, eu tentava entender o que estava acontecendo comigo. Eu era uma pessoa cheia de defesas. Talvez por ter sido uma criança muito solitária, órfã de pai e mãe desde cedo, relacionava-me com o mundo a certa distância, sempre. E só me entregava, ainda que com reserva, àquelas pessoas que queriam me tomar. Desde muito jovem, garota ainda, na escola ou nas festinhas, eu esperava um primeiro movimento. Se alguém me queria, eu passava a gostar da pessoa de forma instantânea. Talvez por não acreditar que alguém pudesse, de fato, gostar de mim. Se alguma menina mostrava interesse em ser minha amiga, eu aceitava. Se algum rapaz queria me namorar, eu aceitava. Não escolhia. *Eu nunca dizia não.*

Mas dizer sim não significava desarme, ao contrário. Ninguém que se aproximava de mim chegava a me tocar de verdade. Era apenas um roçar de superfície, um arremedo de contato. Ninguém conseguia penetrar a muralha que eu erguera desde sempre entre mim e o mundo.

Até que um dia Tito apareceu. Ele disse uma frase, algo inesperado, que me desconcertou, é verdade — a frase sobre flores e cadáveres. Tinha um comportamento inusitado, surpreendente em tudo. Mas não foi isso que me fez baixar a guarda. O que me desarmou é que havia nele, em seus gestos e em seu olhar, a promessa de um amor incondicional. Por mais improvável que isso fosse, eu acreditei. Sentia emanar dele uma paixão por mim como eu jamais experimentara. Então, afrouxei as defesas, deixando que as cidadelas fossem caindo, uma a uma.

E houve também algo mais, algo que me enredou e prendeu. O mistério.

Eu era uma pessoa cética. Tinha sido criada por meus avós, ia às vezes à missa, fiz a primeira comunhão, mas nada disso teve nenhum significado na minha vida. Minha avó, embora até gostasse de rezar, agia por hábito, para se acalmar, como quem recita um mantra. E meu avô achava religião uma bobagem. Assim, logo que comecei a refletir sobre a vida, descobri-me descrente de tudo. Como toda criança solitária, eu lia muito, e as leituras acabaram me afastando de qualquer forma de religiosidade. Meu credo era a palavra escrita, a literatura. Portanto, foi com grande surpresa que descobri a ligação de Tito com a magia.

Foi logo depois de nos conhecermos. Eu já percebia em mim uma transformação, um encantamento diferente de tudo o que tinha vivido até então. Tito me seduzia de todas as maneiras e eu me deixava levar aos poucos, com cuidado, mas deixava. Um dia, fomos jantar em um restaurante de comida africana, na rua Pinheiro Guimarães, em Botafogo. Aquela noite ficaria impressa em mim, cada imagem e cada momento.

O lugar era um casarão do início do século XX, lindo, de fachada com guirlandas de gesso e um medalhão no alto onde estava escrito: 1910. Tinha sido pintado de verde, com os detalhes em branco, para contrastar. Entramos. Havíamos reservado uma mesa nos fundos do sobrado, em um jardim interno a céu aberto. Tito estava um pouco mais calado que de costume e me pareceu inquieto quando a própria dona do restaurante, vestida com uma túnica bordada e um belo pano colorido enrolado na cabeça, veio nos anunciar quais eram, naquela noite, os pratos do menu degustação.

Continuamos conversando, até que os pratos começaram a chegar. Tudo vinha em pequenas porções, para que tivéssemos a oportunidade de provar os vários sabores, e cada iguaria chegava acompanhada de um pequeno cartão, explicando do que se tratava. O arroz de hauçá, com seu perfume de leite de coco e dendê, o caril de gambas, salpicado com amendoim pilado, a moqueca de banana-da-terra, a cachupa, com feijão-fradinho e mungunzá. Eu me deliciava. Tanto, que demorei a perceber que Tito estava cada vez mais calado, apenas provava os pratos, às vezes nem isso. Chegou mesmo a esboçar uma expressão de repulsa diante dos feijões e do milho branco da cachupa.

Eu me perguntava por que ele concordara em ir ao restau-

rante, se não gostava daquele tipo de comida. Fiz um comentário sobre isso, e ele rebateu com uma frase que não compreendi:
— Ele não gosta.

Franzi o rosto e ia perguntar do que ele estava falando, quando o garçom chegou com mais uma dose de caipirinha, que ele tinha pedido.

— Estou com mais sede do que fome — ele disse depois de provar a bebida. — A caipirinha daqui é muito boa.

Ele bebia sem parar, eu já havia notado. Desconsiderei a frase sem nexo que ele dissera e mudei de assunto. Em certo momento, o guardanapo que estava no meu colo escorregou e caiu no chão. Quando me curvei para apanhá-lo, meu olhar se prendeu à perna esquerda de Tito, embaixo da mesa. No tornozelo dele, à mostra entre a barra do jeans e o mocassim, havia uma tatuagem, e pela primeira vez a olhei com atenção. Era um tridente. Achei muito estranho. Terminado o jantar, saímos. Tito tinha se calado de vez, o semblante fechado. Já no carro, não estranhei quando ele não virou à direita, em direção ao Túnel Velho, e seguiu em frente, pela General Polidoro; imaginei que Tito fosse voltar para a minha casa pela São Clemente. Mas, para minha surpresa, poucos metros adiante ele parou o carro no recuo em frente ao portão principal do cemitério São João Batista.

Não tive tempo de fazer perguntas. Tudo aconteceu muito rápido. Ele saltou, deu a volta, abriu a porta do meu lado e me puxou pela mão com firmeza. Sem dizer palavra, me conduziu até o portão principal, de ferro trabalhado, fechado e deserto àquela hora. Eu continuava muda, perplexa. Tito largou minha mão, ergueu os braços, agarrou-se à grade do portão e nela encostou a testa, como se rezasse.

Em seguida deu um salto para trás, com uma agilidade impressionante, e num instante estava estendido de bruços, prostrado diante do portão do cemitério, a testa colada ao cimento do chão, em reverência. Eu não sabia que ritual era aquele nem por que estava acontecendo, só sabia que sentia medo, um medo enorme. Não conseguia me mexer.

Os segundos se passaram. Eu não tirava os olhos de Tito, mas o que queria era ir embora para longe dali. Em meu campo periférico de visão, achei ter visto pontos de luz no escuro que envolvia os túmulos além do portão de ferro. Sabia que havia muitas casas atrás do cemitério, de uma comunidade que se espalhava pelo morro, e me lembro de primeiro ter pensado que os reflexos longínquos vinham de lá, dos barracos. Ou não? Talvez as luzes viessem de dentro do cemitério, fossem fogo-fátuo, emanações de que eu já ouvira falar. Esse pensamento me gelou os ossos. Prendi com ainda mais força o olhar na nuca de Tito, que continuava deitado de bruços no chão. Rezei para que aquilo terminasse logo.

Em algum momento, terminou. Não me lembro de ter visto Tito se levantar; talvez eu tivesse, afinal, fechado os olhos. Só sei que senti seu toque no meu braço e, quando o encarei, vi, a poucos centímetros do meu rosto, aqueles olhos. Então ele disse:

— Toda vez que você sair de um cemitério, deve olhar para trás, por cima do ombro, e dizer: *Diga lá que não me encontrou.*

Fiz que sim com a cabeça, sem saber o que responder. Olhando bem fundo nos meus olhos, Tito completou:

— Você nunca mais vai se livrar de mim.

Eram aqueles mesmos olhos cruéis que me olhavam agora, tantos meses depois, no hall do meu apartamento. Devoradores. Olhei bem para Tito. Depois do delírio, o que eu sentia era uma lucidez aguda. A terra fora revolvida, plantada a semente do mal, mas agora meu corpo nu, conspurcado, estava outra vez ali, no tempo presente. Apanhei no chão a toalha ainda úmida e nela me envolvi enquanto me encostava à parede. Assim como as superfícies ásperas, o silêncio sempre fora uma constante entre nós. Mais corpo do que verbo, éramos assim, sempre fomos. No entanto eu comecei a falar. Ouvi minha própria voz dizendo frases banais, trivialidades de quem tratava o que acontecera como algo comum, não como um suicídio da alma. Tito respondia com monossílabos. Anoitecia.

Então, ele disse que ia embora. Tornou a cravar os olhos dele nos meus. Com o hall apagado, seu olhar refletia apenas a luz que vinha da sala. Ainda assim, a cintilação era intensa. Havia umidade ali e também uma rigidez de pedra, como o brilho que vemos na marcassita na beira dos rios. Ele passou a mão no próprio rosto, no cabelo, se recompondo. Parecia de repente aflito para sair. Da mesma forma como no passado, sempre o pássaro noturno alçando voo. Talvez não voltasse nunca mais.

Senti crescer dentro de mim um desprezo por me deixar ser usada daquela forma, por aquele homem que ia desaparecer outra vez, que ia desaparecer sempre que quisesse, me deixando despida de mim mesma. A dor da ausência dele começava a escavar sua marca antes mesmo que ele saísse, mas dessa vez havia um sentimento diferente. Eu sentia raiva.

Vi, na penumbra, seu sorriso cínico, vi quando ele próprio agarrou a maçaneta e abriu a porta. Agia com desenvoltura, agora sem me olhar, e com ainda mais pressa, já desinteressado da mulher que ia deixar para trás, meu corpo latejando como uma ferida aberta. *Miserável.*

Naqueles segundos em que ele dava os primeiros passos no hall, em direção ao elevador, alguma coisa começou a subir. Ouvi seu murmúrio raspando as paredes internas, enquanto eu continuava encostada à soleira da porta, paralisada. *Não era o elevador*, era um som dentro de mim. Talvez um grito ou uma gargalhada, eu ainda não sabia, mas já tinha a certeza de que a qualquer momento sua massa viria à tona como uma explosão. E que era algo maléfico, um bolo de fel.

Tito apertou o botão do elevador social e me olhou. Eu ia dizer *Esse não, esse está com defeito*, mas não falei nada.

— Talvez amanhã você receba flores — disse Tito, com seu sorriso cruel. E, como se quisesse fugir da minha resposta, puxou depressa a porta do elevador e deu um passo à frente sem tirar os olhos de mim. Eu continuei muda. O bolo de fel que se formara em meu peito, agora eu sabia, não era um grito, não era um som. Era um silêncio.

Assassinato cultural. Foi assim que Glauber Rocha definiu a morte de sua irmã Anecy, quando ela abriu uma porta sem olhar e despencou no poço do elevador. *Assassinato*. Num segundo, houve um grito, um baque, ou talvez fosse o estrondo da minha própria porta, que eu bati com toda a força, fazendo estremecer a parede onde me encostei, tapando os ouvidos com as mãos, olhos trancados, garganta, coração, tudo trancado. Os tijolos, o muro erguido bem vedado, sua argamassa amarga se solidificando instantaneamente. O fel era meu corpo inteiro.

Fui correndo para o quarto, enfiei o vestido, calcei a sandália, agarrei a bolsa e saí feito louca. Cruzei o hall de olhos fechados, e de olhos fechados peguei o elevador de serviço até a garagem, onde estava meu carro. Tapei os ouvidos enquanto descia, porque pensei ter ouvido vozes, uma sirene. Todo o meu corpo tremia quando saí dirigindo pelas ruas, sem saber para onde ia, dando voltas e mais voltas em torno da Lagoa, perdida, anestesiada, morta. *Morto*.

Em algum momento, parei. Estacionei em frente ao restaurante onde tinha combinado de me encontrar com Ana, o Bar Lagoa. Senti que uma espécie de gelo ia me tomando devagar, de fora para dentro, enrijecendo os tecidos, transformando meu corpo e meu rosto em uma máscara. Eu precisava ir ao encontro da minha amiga, precisava me sentar, jantar, sorrir e, sobretudo, fingir que nada tinha acontecido. Viver aquela noite sem olhar para trás. Eu era cúmplice, sabia do defeito da porta, que às vezes se abria sem que o elevador estivesse no andar. Eu ia avisar, *Esse não, esse está com defeito*, mas me calei. Não disse nada. E, por causa desse pequeno não, Tito talvez estivesse morto.

6.

Pronunciadas as últimas palavras da última história, Lia virou o rosto em direção à porta do quarto, onde o menino com o fuzil se sentara. Não o encontrou. Quem estava no lugar dele, ouvindo o que ela narrava, era o rapaz de olhos escuros e cabelos encaracolados. O Playboy. Ele sorria.

— É uma grande história.

Lia continuou olhando para ele, deitada, em silêncio. Depois perguntou:

— Por que você me trouxe pra cá?

O rapaz não pareceu tê-la escutado. Falou, rindo:

— Então nós somos o encontro de um bandido com uma assassina.

— Eu não tenho medo de você — disse Lia com suavidade.
— Não tenho medo de mais nada.

— Eu sei. Eu entendi isso logo. Na selva, as presas soltam um cheiro quando estão com medo. É o que atrai os predadores.

Lia o olhou atentamente.

— Você é diferente dos outros. Você não fala como...
— Um bandido?

Lia sentiu uma pontada no fio de cobre, o caminho da dor ainda estava lá, bem no fundo. Não esperou que o rapaz falasse.

— E por que esse apelido, Playboy? — perguntou, tornando a olhar para o teto.

— É coisa de quando eu era garoto. Eu nasci aqui, cresci aqui na favela. Na comunidade, como vocês falam.

— Você é o chefe deles?

Playboy demorou algum tempo para responder.

— Sou e não sou. Eu protejo eles.

— Protege?

— Sou advogado. Quer dizer, quase. Me formo ano que vem.

— Vai ser advogado dos seus amigos... bandidos?

— Alguém tem de defender a gente, você não acha?

— É, mas... você fazendo o que faz, estando assim do lado deles, agindo junto com eles, você não é... cúmplice?

— Sou. Mas na guerra todo mundo é cúmplice.

Lia se virou. Ergueu-se e sentou-se na beira da cama, devagar. Playboy estava olhando para ela, muito sério agora.

— Você vai poder ir embora — disse. — Não vai acontecer nada com você.

Silêncio.

— Mas não agora. Só mais tarde, de madrugada — continuou ele.

Lia reparou nas ondas do cabelo do rapaz, como formavam anéis perfeitos.

— Você parece um garoto... Quantos anos você tem?

— Vinte e seis.

Ela ficou de pé.

— Por que foi que você me trouxe pra cá? — repetiu.

— Eu não trouxe, você veio porque quis. Você pediu pra vir.

Lia olhou para ele por um longo instante.

— Então posso te pedir outra coisa? Uma última coisa?

O rapaz aquiesceu.

— Me dá um abraço.

* * *

Lia abriu os olhos e sentiu que a dor passara por completo. Não havia mais luz nas frestas, anoitecera outra vez. E não havia ninguém com ela no quarto. Nem o menino do assobio nem o Playboy, ninguém. Levantou-se da cama e se sentiu leve, sem amarras. O universo era linear agora, não havia mais abismos nem surpresas. Foi com uma lucidez serena que caminhou até a porta. Sabia que estava destrancada. E sorriu ao ver um bilhete sobre a cômoda, cujo teor já adivinhava.

Atravessando o quarto, refez mentalmente o caminho da noite. Escutou novamente a voz que lhe sussurrara ao telefone, sentiu o contato das mãos de ferro, o hálito do vampiro. Ouviu o silêncio de seu próprio não, o grito, o baque, *a morte*. Reviu a fuga, o encontro com Ana, e os descaminhos, o momento em que os olhos escuros absorveram seu corpo à medida que despencava no abismo. Olhou o painel de luzes verdes, brilhantes, tornou a ouvir as vozes dos seres abissais. Retraçou todas as etapas da noite assombrada, até chegar ali, ao quarto onde fora trespassada primeiro pela dor, depois pela beleza. Ouviu outra vez a própria voz contando a história, muitas histórias, todas as histórias do mundo, todo o tempo e todo espaço contidos em uma só vida. Voltou a sentir o perfume dos cabelos anelados, cujas raízes negras se iluminavam nas pontas, caminhando, assim como ela, da sombra para a luz.

Já diante da porta, seus dedos roçaram o papel grosseiro, arrancado de uma folha de caderno espiralado, onde a letra graúda e de caligrafia firme a libertava e lhe dizia para descer a ladeira e virar à direita na casa azul. *Ali você vai encontrar a escada que dá no asfalto.*

Lia deixou o papel sobre a cômoda, abriu a porta e saiu,

inspirando com força o ar da noite. Não havia mais demônio que a assombrasse. A história proibida fora expulsa de dentro dela e se tornara verbo — e carne. Se Tito estava morto ou não, já não importava. De algum modo, ela o matara. O batismo de fogo, dor e perigo daquela noite, riscara seu corpo.

Desceu a ruela, passo após passo, na noite silenciosa. Ao chegar diante da casa azul, parou. Depois, com serenidade, virou-se e tomou o caminho da esquerda, contrário ao indicado no bilhete. Com um sorriso, olhou para trás, por cima do ombro, como Tito havia recomendado que ela fizesse toda vez que saísse de um cemitério, e sussurrou: *Não vou por ali.*

Os descaminhos (final)

Meu bisavô, general João Alexandre de Seixas, participou, como capitão-médico, da terceira expedição a Canudos, em 1897. O escritor Euclides da Cunha acompanhou a quarta e última investida contra os homens de Antônio Conselheiro. Dessa viagem de Euclides a Canudos resultaria sua obra-prima, *Os sertões*.

Minha avó paterna, Mariá Urpia de Seixas, nasceu e cresceu em Monte Santo, no sertão da Bahia, no início do século xx, onde viveu aventuras, viu a passagem do cometa Halley e aprendeu muitas histórias com sua babá, Cunegundes.

Minha mãe, Maria Angélica Seixas, passava os verões com a família em Vila do Conde, no litoral norte baiano, nos anos 1930, época em que Lampião e seu bando andavam pelo sertão. Certa vez, chegaram ao Conde rumores de que o bando de cangaceiros estava perto, muito perto. Todos ficaram apavorados, ninguém dormiu. Mesmo com o passar dos anos, Angélica nunca deixou de se assombrar com Lampião. E deve ter sentido um arrepio quando, em 1940, seu tio paterno, Agnaldo Pereira dos Santos, médico-legista, viajou para o interior da Bahia, a mando do Instituto Nina Rodrigues, para desenterrar o corpo de Corisco, que acabara de ser morto, e trazer sua cabeça para Salvador.

Depois de se casar com minha mãe por procuração, meu pai, Délio Urpia de Seixas, se mudou para o Rio, em 1948. E veio a bordo de um hidroavião, junto com um carregamento de fumo de rolo.

João Alexandre, Mariá, Angélica e Délio tiveram em suas vidas muitos desvios, atalhos, bifurcações. Sem eles e esses descaminhos — eu não estaria aqui contando histórias.

Heloisa Seixas
maio de 2019

Os sertões, de Euclides da Cunha, foi uma das fontes de consulta para este livro. Boa parte dos detalhes sobre Lampião e seu bando, para compor a história da menina Angélica, foi tirada de *Maria Bonita*, de Adriana Negreiros (Objetiva, 2018). O poema citado no início da história de Lia é "Cântico negro", de José Régio, pseudônimo de José Maria dos Reis Pereira. Na história de Délio, foram citados trechos dos poemas "Os cisnes", de Júlio Salusse; "Mito" e "Sinto que o mês presente me assassina", de Mário Faustino; e, ainda, "Budismo moderno", "Versos íntimos", "Os doentes" e "Psicologia de um vencido", de Augusto dos Anjos. As músicas lembradas por Lia enquanto dirige são "Foi assim", de Renato e Ronaldo Correa, e "Retrato cantado", de Aldir Blanc e Marcio Proença. O filme sobre o professor que constrói um muro dentro da própria mente é *A aldeia dos amaldiçoados* [*Village of the Damned*], de Wolf Rilla (1960).

ESTA OBRA FOI COMPOSTA EM ELECTRA PELO ACQUA ESTÚDIO E IMPRESSA
PELA GRÁFICA PAYM EM OFSETE SOBRE PAPEL PÓLEN BOLD DA SUZANO S.A.
PARA A EDITORA SCHWARCZ EM NOVEMBRO DE 2021

A marca FSC® é a garantia de que a madeira utilizada na fabricação do papel deste livro provém de florestas que foram gerenciadas de maneira ambientalmente correta, socialmente justa e economicamente viável, além de outras fontes de origem controlada.